ベリーズ文庫

クールな部長は溺甘旦那様!?

夢野美紗

STARTS
スターツ出版株式会社

目次

最悪な男……6
最悪な再会……38
いきなりの結婚……62
芽生える嫉妬……130
二人三脚の始まり……184
影山君の疑惑……210
切ない抱擁……234
運命のコンペ……262
そして芽生えたもの……282
プロポーズをもう一度……304

あとがき……355

最悪な男

青々とした新緑が芽吹く四月の下旬。

「よし！　今日の仕事は終わり！」

両腕をめいっぱい天井に突き上げるように伸びをして、ふぅっと脱力する。

大手広告代理店の営業として二年目の私は、残業も早々に切り上げて、これから彼氏と夕食デートへ向かうべく、書類などで散らかったデスクの上を整理していた。

「莉奈（りな）～、これからデートなんでしょ？　なんだか顔がにやけてるよ～」

同期である城田亜美（しろたあみ）がツンツンと肘で突っついてくる。そんなふうに茶化されたって、動じない。なんせ今夜の私は機嫌がいいのだ。

亜美は私と一緒の時期に中途採用で会社に入った同僚であり友人だ。年も同じだし、何かと気が合う。彼女とはプライベートで一緒に旅行したり飲みに行ったりする仲だ。栗色のボブヘアに百六十センチ以上のモデルみたいな身長、色白で目もクリッとして愛嬌がある。けれどその可愛らしい顔立ちからは想像できないほど、仕事ではタフでストイックだ。

「そ、彼氏とデートなの。お疲れさま」

私はニコリと笑って、てきぱきと机上を片付け終わると、水色の薄手のカーディガンを羽織った。そして、パソコンの電源を落とし、ヒラヒラと亜美に手を振ると、浮かれ気分でオフィスを出た。

『松川莉奈』と自分の名前が書かれた社員証の札を、エントランスに向かいながらバッグにしまい込む。私は現在二十七歳の独身、同棲中の彼氏アリ。大学を卒業してから何度か転職をして実績を積んだ甲斐もあってか、念願だった大手広告代理店への就職が決まった。

私の勤める〝株式会社アルテナ広告社〟は、都内にある超高層ビルの五十階から五十五階に本社を構えていて、総社員数は約三万人。海外にもいくつか支社がある。主に新聞や雑誌に掲載するマスメディア広告、ウェブサイトやアプリ、バナーといったインターネット広告などを幅広く手がけている総合広告代理店だ。広告の仕事を獲得してくる営業部、企画書や広告物を作成する制作部、広告媒体を選定する媒体部と、大きく分かれている。

私の所属している営業部は全部で二十人。みんな明るくて元気な人が多い。都合が合えば部署内で飲みに行くこともあって和気藹々としている。華やかな業界に見えるけれど、実際は企画書や報告書の作成などのデスクワークが多く、残業は当たり前だ。時には、広告主の社内報告書を手伝ったりと、想像と違う世界に挫折する新入社員もいる。

あ、あの広告いいな、結婚かぁ。

彼氏と待ち合わせに向かう途中の電車の中、つり広告に目をやると、純白のウェディングドレスを身にまとい、目鼻立ちのはっきりとした外国人モデルが幸せそうに微笑んでいた。こういうの、はっきりいってうらやましい。

私の外見はこのモデルさんとは雲泥の差。身長は百五十センチの小柄で、とくにこれといってチャームポイントもない地味な顔立ち。顔の中央にちょこんとのっかっている低くて小さな鼻が、昔からコンプレックスだった。

最近、背中まであった髪の毛を少し短く切って、肩までのセミロングにしてみた。雰囲気変わったね、と言われるけれど、顔の作りは変わらない。当たり前だけど。

今日は、彼氏の慎一(しんいち)と付き合って三年目の記念日。お互いにそろそろ将来を意識し始め、具体的な話もちらほら出ている。そして結婚に関して知識を肥やすべく、ウェディング情報雑誌を何冊も買い込んでは読みあさった。地元の福岡に帰省すれば、親には『早く孫の顔を見せろ』『いい加減落ち着きなさい』と散々言われ、友人はひとり、またひとりと独身を卒業して、肩身の狭い現実を突きつけられるのだ。

私も結婚したい！　そして幸せな家庭を持って……。

ふわふわと妄想が膨らんで思わずにやけてしまいそうになる。そのうちに、待ち合わせのレストランがある駅に着いた。

駅から徒歩五分のところにあるイタリアンレストランは、仕事終わりに慎一と待ち合わせてよく来る。ここのマルゲリータはシンプルだけど絶品なのだ。

「莉奈！　こっち」

店に入ると、奥の席で手招きする慎一の姿が目に入った。案内は不要ですと、店員さんに会釈して、足早に歩み寄った。

細身の革ベルトの腕時計をさっと見ると、約束の十九時より十分遅刻。

「少し遅れちゃったね。ごめん、待った？」

手を合わせて謝る仕草をすると、慎一はいつものように笑って首を振った。

「待たせるより待つほうがいい。いつものマルゲリータだろ？　注文しておいたよ」

「ありがとう」

あぁ、ほんと持つべきものは気が利く彼氏よね。

私たちはさっそく運ばれてきた赤ワインで、三周年を祝って乾杯する。しばらくするとサラダやマルゲリータ、そしてパスタなどが次々と運ばれてきた。

店内はさほど広くなくて、全体的に落ち着いた雰囲気だ。モダンな内装で、カンツォーネが静かに流れている。お気に入りの店だけれど、最近雑誌に掲載されてなかなか予約が取れなくなってしまったのが玉に瑕だ。

「美味しそう！」

テーブルは注文した料理で埋め尽くされ、私は幸せ気分で眺めた。

そんな私を見て微笑む彼、慎一とは前の会社で知り合った。私よりふたつ年上の営業マンで、私が入社した時の先輩だった。

飛び抜けてカッコいいというわけではないけれど、優しくて面倒見のいい人だった。付き合いだして二年目で同棲を始め、結婚したらこんな感じになるのかなぁ、と漠然と未来予想図を描いていたら、もう三年の月日が経ってしまった。

「ここって、慎一が私に付き合おうって言ってくれた店だよね？　覚えてる？」

「あ、あぁ、覚えてるよ」

私に言われて慎一は慌てて思い出したように返事をする。

「慎一？　どうかした？」

先ほどからなんとなく違和感があった。それにどこか上の空だし。

「いや、どうもしないよ。ただ、あの時どこの席だったかなぁって、考えてただけ」

そうか、席のことを思い出してたんだ。確か告白された席はもっと窓際だった。

『松川さん、よかったら僕と付き合ってほしいんだ』

耳まで真っ赤にしながら慎一が私に告白してきたシーンをしみじみ思い出す。私もその時はすでに慎一のことを意識していたから、両想いになれてすごく嬉しかった。

慎一が、新しくできたイタリアンがあるから一緒に行かないかって、仕事で失敗して落ち込む私を笑顔で連れ出してくれて……告白されて、付き合って。

そしてきっと慎一は、今日ここでプロポーズをしようと考えているはずだ。そんな気がする。その証拠に、今朝だって口数が少なかったし、今もそわそわと落ち着かない。そんな彼に気づいていたけれど、彼にも彼なりの心の準備というものがあるに違いない。気がつかないフリをして気長に待とう。

それに今度私の母親が上京してきたら、彼氏の時は紹介できなかったけど、このたびめでたく婚約しましたって、ようやく報告することができる。

私は物心ついた時から母子家庭で育った。母は女手ひとつで、三つ年上の姉と私を手塩にかけて育ててくれた。決して裕福な家庭ではなかったけれど、母と姉と一緒に暮らした日々はそれなりに幸せだった。大学進学のために上京するかどうか迷っていたけれど、母はそんな私の背中を笑顔で押してくれた。だから、立派に社会人として仕事をし、結婚して落ち着くことが、ある意味親孝行だと思っている。慎一とは紆余曲折ありつつも、やっと結婚までたどり着けそうだ。

感傷的な気分になりながら、ピザをひと切れつまんで口に運ぼうとした時だった。

「あのさ、莉奈……僕たちの将来のことなんだけど、いろいろ考えたんだ」

き、来た‼

ドキンと胸打つ音が鼓膜にも響く。私は思わずシャキッと背筋を伸ばした。

少しうつむき加減で、ひと言ひと言彼が口を開くたび、その感動的な瞬間に近づいていく。そう思うと、なんだか私までドキドキと緊張してきた。

慎一、嬉しい。ありがとう、結婚しよう。うーん、もっと可愛げがあったほうがいいかな？

プロポーズされたあと、なんて返事をしようか、先走ってあれこれと言葉が頭の中を駆け巡る。それに、いつでも婚姻届を提出できるよう、戸籍謄本だってもう取り寄せてある。私のほうは準備万端だ。

けれど、そんな慎一の口から出たのは思いがけないひと言だった。

「僕たち、別れたほうがいいと思うんだ」

「……へ？」

ワイングラスを持っていなくてよかった。きっと、するりと手から落ちて、パリンと割ってしまっていたに違いない。代わりに、口に運ぼうとしていたピザがポトリと皿に落ちた。

「え……？」

い、今……なんて？

ピザを食べる格好になったまま私は凍りつき、店内のＢＧＭやほかの人の喋り声も全く聞こえなくなった。

ち、ちょっと待って！　ここはパカッと小箱から指輪が出てきて『莉奈、結婚しよう』じゃないの？　それで私は涙をうっすら浮かべて『うん、うん！　慎一ありがとう、結婚する！』っていう流れじゃないの？

耳を疑うようなその言葉に、私は呆然となる。

「し、慎一？　えーっと、今日はエイプリルフールじゃないよ？　笑えない冗談はやめてよね」

あはは、と乾いた笑いで慎一を見る。けれど、彼は私とは違って、視線を落とし深刻そうな顔でじっと黙りこくっている。

「う、嘘……じゃあ、結婚は？　そういうつもりじゃなかったの？」

　当たり前だけれど、慎一と別れたら結婚どころじゃなくなる。私の思い描いていた未来予想図が、徐々に色褪せていくのがわかった。

「ほら、そういうところ」

「え？」

　慎一が顔を上げると、眉をひそめて言った。

「別れようって言ったら、莉奈は結婚できなくなることしか気にしてない」

「そ、そんなこと――」

「ないって本当に言えるの？　悲しいって気持ちよりも焦りのほうが大きいんじゃない？」

　慎一？　一体何を言っているの？　結婚できなくなって、悲しいに決まってるじゃない。心の中でそう言っても、慎一の耳には届かない。

「悲しいって気持ちが莉奈に少しでもあるってわかったら……考え直そうとも思った。けど、僕よりもやっぱり結婚しか見ていない莉奈に、自信がなくなったんだよ」

「だって、私たち三年も一緒にいるんだよ？　その先にあるものを考えないほうが変でしょ？　それに、慎一だってそのつもりで同棲までしたんじゃないの？　私は結婚とか考えてたよ」

イライラした。腹立たしかった。慎一が私を試すようなことをしたのもそうだけれど、私の気持ちも無視して別れようなんて、勝手に自己完結しないでほしい。

「莉奈は僕との生活よりも、ただ〝結婚〟にこだわってるだけなんじゃないかな。そういうステータスが欲しいだけ」

「そ、それは……」

言葉に詰まる。

どうして『そんなことない！　違う！』って、言えないんだろう。慎一は私の反応で確信したように、小さくため息をついた。

「莉奈にとって、僕は付き合う相手としてはいいかもしれないけれど、結局、結婚相手には向いてないんだよ」

彼は抑えきれない緊張で喉が渇いたのか、一気にグラスに入った水を呷った。

私の周りは次々と最高の伴侶と巡り合って幸せな家庭を築いている。私もいつかそうなりたい。いつまでも独身、独身って言われたくない。残り物って言われたくない。

そう思っていたのに……どうして？

「じゃあ、私が考え方を改めたら――」

「それでも、莉奈の本心を知ってしまったから、別れたいって気持ちは変わらないと思うんだ」

追い打ちをかけるように、慎一が私の言葉を遮ってぽつりと言う。三年築き上げてきたものがバラバラと音をたてて崩れていくのがわかった。そしてしばらく気まずい沈黙が続き、このままでは埒が明かないと思った私が出した答えは――。

「そう、わかった。今週の土日で部屋片付けるよ……だから少し待ってくれる？」

私がそう言うと慎一は、やっぱりその程度の気持ちだったんだ、と言わんばかりにもう一度ため息をついた。

ここは食い下がって、別れたくない！って、言うべきなのかもしれない。でも、一度冷めてしまった彼の熱を、もう一度温め直す術がわからなかった。

今日は金曜日。プロポーズされてさらにラブ度が上がった週末を慎一と過ごすのだとばかり思っていた。さっそく婚約指輪を買いに行って、具体的に式場見学の予約をして……そんなふうに何もかも順風満帆にいくって信じていたのに。

「……ごめん、今日はもう帰る」

いたたまれなくなった私は、いつまでもうつむく慎一を置いて席を立った。テーブルの上には、すっかり冷めてしまったほとんど手をつけていないピザやパスタが残っていた。でも、こんな状況では食べ物も喉を通らない。

店員さんに怪訝な顔を向けられながら、私は足早に店を出た。

さっき店に入った時は、まさかこんな気持ちになるなんて思いも寄らなかった。もしかしたら、追いかけてきてくれるかもしれないと思って、店を出て走りだしたい気持ちを抑えながら、わざとゆっくり歩いた。

けれど、私の腕をつかんでくれる人は誰もいなかった。

うぅぅ〜‼　もう！　なんなの？　慎一のバカ！　結婚を夢見て三年も待ったのに！　二十代後半女の三年って貴重なのに！　どうしてくれんのよー！

頭に血が上って冷静になれない。確かに慎一に言われたように、悲しいというより結婚できなくなった焦りの感情のほうが大きい。きっと慎一に自分の本心が見透かされたから。それを認めたくなくて、私は子どもみたいに怒っているだけ。

はぁ、どうしよう……。

元々、慎一が住んでいた高級マンションに私が転がり込んだみたいなかたちだった。別れたからには、そこをを出ていかなければならない。慎一は私よりも高給取りで、生活水準も私たち世代の平均より少し上のほうだったと思う。

私はそんな余裕のある暮らしが好きだった。

帰りたくない。でも、片付けをしなければならない。慎一はきっと私に気を使って週末はマンションに戻ってこないと思う。いない間にさっさと出ていくほうが賢明だ。わかっている。

でも、たった今フラれたばかりで、慎一と過ごした部屋に帰る気にはなれなかった。

こうなったら！　もう、ヤケになってやる！

たくさんの人が行き交う中。私はフラれた鬱憤を晴らすべく、流れのタクシーを拾って、とある場所へ向かった。

時刻は二十時。私はタクシーの窓の外に流れる夜景をぼーっと眺めていた。

慎一にフラれたことがいまだに信じられない。受け入れがたかった。まさか別れ話をされるなんて。予想外の展開に、自分の言いたいことがあまりうまく伝えられなかった。

今になってじんわりとひとりになってしまったという虚無感が湧いて、視界がぼやける。

「お客さん、赤坂（あかさか）のパークホテルでいいんですよね？」

目的地近くになったのか、運転手さんが私に確認した。

「はい。エントランス前までお願いします」

私が今向かっているのは、首都圏で数多くある高級ホテルの中でも随一のラグジュアリーホテルだ。

私が突発的にここへ来た理由、それは何もかも考えたくないこの状況から現実逃避すべく、一夜限りの豪遊をするためだった。ルームサービスもじゃんじゃん頼んで、広いバスタブに浸かりながら、ワインでも飲み直そう。いつもならこんな贅沢は躊躇するはずだけど、今夜は特別だ。

ホテルに到着し、煌びやかなエントランスホールを見渡すこともせず、レセプションにツカツカと歩いていく。

「すみません、今夜一泊でスイートルーム空いていませんか?」

「は、はい……少々お待ちください」

いきなり、予約もなしに乗り込んでスイートルームを所望する私に、スタッフは怪訝な表情を浮かべ、パソコンで何やら調べ始めた。

「申し訳ありません。今夜は満室でして……」

満室? 本当に? そう疑ってかかりたくなるけれど、そう言うのなら仕方がない。

飛び込みでも空いている部屋くらいあるだろう、って思っていたのにな。

ここのホテルは景色が素晴らしいからと友人に勧められて、いつか機会があったら……なんて考えていたけれど。やっぱり、こんな人気のホテルに予約もなしで宿泊しようなんて、考えが甘かった。

何もかもうまくいかない。面白くない。むしゃくしゃする。

「わかりました。お手数おかけしました。ありがとうございます」

項垂(うなだ)れたまま、くるっと背を向けようとした時だった。

「あ、お客様、お詫びと言ってはなんですが……よろしければ当ホテルのラウンジでご利用いただけるクーポンをどうぞ」

あまりにもしょげている私を見かねてか、スタッフからもらったそれは、このホテルの最上階にあるＶＩＰ御用達のラウンジで使える無料コーヒー券だった。思わぬ幸運に、一気にテンションが上がった。

「すみません、ありがとうございます」

せっかく来たんだから、コーヒー一杯くらい飲んでいこう。そうすれば気分も少しは落ち着くかもしれない。それで今夜どうするかは、その時考えよう。

そう吹っ切ると、最上階まで行くエレベーターに乗り込んだ。

ガラス張りのエレベーターがグングン上がっていく。都心だからこその絶景、パノラマ夜景が目の前に広がった。間近には東京タワー、大通りを走る車のヘッドライトが光の数珠のように連なっている。ひしめき合うビルには、まだ仕事をしている人たちのための照明が綺麗に見えた。

あくびを噛み殺して耳の鼓膜にかかった不快な圧力を解消すると、それと同時にエレベーターの扉がポンという電子音とともに開いた。

ラウンジのあるフロアは全体的に薄暗く、落ち着いた大人の雰囲気が漂っていた。中央には、大きな植え込みの木が天井まで伸びていて、海外の利用客も多いのか、どこからともなく外国語が聞こえてくる。

エレベーターから降りて、一歩一歩と進みながら、感嘆のため息をもらして、あたりをぐるっと見回した。

す、すごい！　綺麗！　やっぱりここに来てよかった。あのスタッフからクーポン券をもらわなかったら、きっと残念な思いのまま漫画喫茶にでも行っていたかもしれない。

心の中でスタッフにお礼を言うと、ラウンジのレセプションへ向かった。ところが、すっかり雰囲気に呑まれてしまった私は、前方から来る人影に全く気がつかず、どんっと思い切りぶつかってしまった。

「すみません！」

「おっと、失礼」

よろける私の身体（からだ）にさっと手を添えて支えてくれたのは、背が高く、目も覚めるようなイケメンだった。黒髪を後ろに流して、すっきりとした切れ長の目が私を心配げに見下ろしている。ピシッと決めた濃紺のスーツのポケットに眼鏡を引っかけている。視線を下へずらすと、スラッとした長い足。そして、綺麗に磨かれた革靴が裾から覗（のぞ）いていた。

「あ、バッグが……」

彼の言葉に下を見ると、ぶつかった弾みで軽く手に提げていたバッグが落ちて、中身が床にあちこち散乱していた。

身長百八十センチくらいはある体躯を屈ませて、もう一度「すまなかった」と言いながら、彼はぶちまけられたバッグの中身を拾いだした。

「だ、大丈夫です！」

いきなり現れた容姿端麗な男性に動揺を隠しきれず、私も慌ててしゃがみ込んで床に落ちたものをかき集めた。すると。

「君、ひとり？」

その男性が、いきなりナンパの常套句を口にした。

「え？」

顔を上げると彼の理知的な目と視線がバチリと合う。心臓が跳ね上がって、一瞬、時が止まった。

これって、ナンパ⁉

見れば見るほど、見目麗しい顔立ちをしているその人に、私は言葉が見つからず、バッグを胸に抱いて、ただコクコクと頷いた。

ひとりです！　寂しい夜をこれから過ごそうと思っている虚しい女なんです！

ほんの少し上目遣いで彼を見ると、細い顎に親指と人差し指をあてがいながら、何か考え込むような表情でじっと私を見つめている。

「急にこんなことを言ってすまないが、頼みがあるんだ」

頼み？　なんでしょう？　こんなイケメンから頼まれごとなんて！

「私にできることなら……」

なんなりと。完全に浮かれ気分になった私は、つい弾みでそんなことを言ってしまった。彼は私が了承したと解釈したのか、そのまま私の手を握って、ずんずんとラウンジの中へ入っていく。

雰囲気抜群のラウンジで突然出会ったイケメンと、夜景の見える席でデート！なんて、恋愛小説に出てきそうな展開にドキドキしていたけれど……。

「あ、あの……」

ラウンジの手前は一般の利用客専用になっているが、その奥はＶＩＰ貸し切りのエリアだ。そこに、なんの戸惑いもなく突き進む彼に、ようやく異変を感じた。

ＶＩＰ貸し切りエリアには、一般とは違う雰囲気の人たちが集まっていた。立食パーティー中のようで、イブニングドレスや高そうなスーツを身にまとった紳士淑女が談笑している。明らかに場違いなところへ連れてこられて、私は戸惑いを隠せなかった。

「すみません。私、こんな場所に来られるような――」

服装じゃないんですけど？と言い終わる前に彼がシッ！と人差し指を自分の口に当てて言葉を遮った。

「いいか、これから誰に話しかけられても〝わかりかねます〟とか〝検討中です〟とか、曖昧なことを言って、なんとかごまかしてくれ」

「え？」

彼の言っている意味がわからない。ぽかんとしていると、ひと組の親子らしき男女が近づいてきた。恰幅のいい白い髭を生やした中年の男性と、その横には綺麗に髪をアップにした若くて美しい女性。

「おお、剣持君、ここにいたのか、探したよ」

剣持……？　この人、剣持っていうんだ。

私の真横で穏やかな笑顔を浮かべて、すっと姿勢よく立っている彼を盗み見る。

「うちの娘がぜひ、君のことを紹介してほしいって聞かなくてね。おや、そのお連れの方は？」

白ワインが入ったグラスを片手に、その中年男性が私にちらりと視線を向ける。ここにいる全員が、その場にふさわしいドレスコードで参加しているというのに、私は白のニットにカーディガン、そしてスカートといった平凡な普段着だ。すごく浮いているのが自分でもわかる。

「すみません。小野寺さん、彼女は私の婚約者なんです。仕事が終わって急遽ここに呼びつけてしまったので、こんな格好で申し訳ありません」

……は？　え？　な、何？　今、この人なんて言った？

聞き間違いでなければ、今、私、婚約者として紹介された……気がする。

さっぱりわけがわからなくなった私は、ぽかんと口を開いて、ただ呆然とするしかなかった。

「そうかぁ、剣持君にはもう相手がいたんだね。真理絵、彼には先約がいるそうだ。諦めなさい」

中年男性が笑いながらたしなめると、彼女はそれまでの輝かんばかりの笑顔から、一気に眉間にしわを寄せて不機嫌な顔になった。

「ふぅん、剣持さんの婚約者ですか……案外、地味な方なんですね」

なっ！　地味って何よ！　初対面でそんなこと言われたくない！　まぁ、確かに地味なのは否定しないけど。

指先で自分の遅れ毛をもてあそんでいる彼女に負けじと、私はキッと威嚇するように睨んだ。すると、そんな私を見てクスッと笑った。

「ふふ、面白い人」

きめが細かくハリのある肌から、明らかに私よりも年下に見える。そんな人に〝面白い人〟呼ばわりされて、モヤモヤとしたものがこみ上げてくる。

「ちなみに君は、どこにお勤めなのかな？」

この娘も娘なら父親も父親だ。いきなりそんなプライベートな質問をしてくるなんてありえない。

「株式会社アル……あ、いえ……わかりかねます」

「は?」

「えっと、その……」

思わず自分の勤務先をバカ正直に答えそうになって口を噤む。

わー! わかってる! わかってるよ、とんちんかんな返事をしてることくらい!

自分の勤め先がわからないと答えた私に、その中年男性は不思議そうな顔を向ける。

だって、誰に話しかけられても〝わかりかねます〟か〝検討中です〟って言うようにこの人に言われて……。

助け舟を求めて、私をここへ連れてきた剣持さんに視線を送る。

「すみません。実は彼女、今、転職活動中でいくつか採用をもらってはいるんですが、どうも決めかねているようで」

剣持さんがなんとか私の言葉をうまく繋いでくれる。まごつく私とは対照的に、彼はごく自然に振舞っていた。

「あぁ、そうだったのか。君の彼女も優秀な人なんだろうね。ほら、真理絵、次に挨拶しなきゃならんところがあるから、これで失礼するよ」

早くどっか行ってほしい。頭の中でシッシ!と手で追い払う仕草をしていると……。

「あなたが剣持さんの婚約者だなんて、絶対、信じられないんですけど」

そんな捨てゼリフを吐いて、真理絵さんが鼻を鳴らす。そして、大胆に肌を露出させた背を向けた。

何よあれ、私だってこの状況が一体なんなのか理解してないっていうのに。あんなムカつくこと言われて嫌な思いして、バカみたい。

「あの、これは一体なんの茶番ですか?」

これって完全にナンパとかじゃないよね? 私、何かに巻き込まれてる?

私の横で、去っていった親子にやれやれといったふうにしている彼を睨みつけて言った。

「茶番? あぁ、立派な茶番だったな。助かったよ」

「そうじゃなくて! なんで私が――」

「君みたいな人を探していたんだ。まさか運よくひょっこり現れるなんてな」

わけがわからないよ。私みたいな人を探してたって、どうして? なんのために?

出会った時とは全く違う声音と態度の彼に、私の中で不信感が募っていった。

「女性のひとり客でお人好しそうな人がいたら、婚約者のフリでもしてもらおうと思っていた。けど、ここでは同伴者がいたりして、そういった女性がなかなか見つからなくてね……ちょうどタイミングよく君が現れてくれて、いい虫除けになったよ」

「む、虫除け……？」

なんの集まりか知らないけれど、きっと彼はこういう場で数多くの女性から言い寄られているのだろう。それが疎ましくて私を利用したんだ。釈然としない私をよそに、彼は何食わぬ顔をしている。

「もちろんタダとは言わない。このあと君に予定がなければ、ここのホテルのロイヤルスイートルームに今夜泊まっていけばいい」

そんなの結構です‼

全力で拒否しようとしたけれど。ん？ でも待って。

今夜は私、帰りたくないんだった。いきなり見ず知らずの男に嫌な目に遭わされたんだもの、それなりにお返しをしてもらおうじゃないの！

このまま何もせずに帰れば、きっと損をしたような気になる。もらえるものならもらってしまえ！と、貧乏性な私は、首を縦に振った。

「物わかりがよくて助かる。こっちだ」

そう言うと、彼は私を部屋の前まで案内した。

ロイヤルスイートがあるエリアは、先ほどのラウンジと同じフロアにあった。静かで廊下には品のある装飾品が飾られていて、初めて来たリッチな聖域に、つい緊張してしまう。

「あの、もしかしてここのロイヤルスイートの部屋、あなたが今夜泊まろうとしていたんじゃないですか？」

部屋の手前に着くと、ふと私は尋ねた。今夜は予約でいっぱいだと言われたし、もしそうだとしたら気が引ける。

「別に、この部屋に泊まらなくても俺は困らない」

そんなふうに淡白に言われると、見た目は紳士的で素敵なのに中身は素っ気なくて冷たい人なのかもしれないと思ってしまう。だとしたら、なんとなく少し残念。

この人、非の打ち所がないくらい顔はいいけど、やっぱり性格に難アリって感じだよね……。

彼氏との結婚の夢にも破れ、イケメンとのデートの夢にも破れた私。情けなくて惨めな思いがこみ上げてきたその時だった。

「ちょっと待って！」

廊下の奥から女性の呼び止める声がすると、剣持さんは目も向けずにチッと小さく舌打ちをした。

「剣持さん！　待って！」

ずかずかと大股で歩み寄ってきたのは、先ほどの失礼極まりない小悪魔、真理絵さんだった。目をつり上げて、フンフンと鼻息荒く、私と剣持さんの目の前で腕を組んで、仁王立ちになる。

「あぁ、真理絵さん、どうしましたか？」

剣持さんの作り笑いに真理絵さんは笑顔で返すと、今度はジロリと私を睨んだ。彼女の目には、今から剣持さんとふたりきりで夜を楽しもうとしているように見えたのだろう。

「私が彼女になったら、きっとパパがもっといい条件で仕事させてくれるわ、そんな人より絶対――」

「あぁ、そういうの、吐き気がしますね。俺がいつあなたのお父様にもっと仕事を流してほしいと言いましたか？」

そして、さっと目つきが鋭く変わり、先ほどまでとは違う低い声で言い放った。

「勘違いするなよ」

その声音に思わず足がすくみそうになった。けれど、真理絵さんは負けじと食い下がる。

「私、剣持さんのこと好きになっちゃったみたい。一目惚れなの。だから——」

「はぁ、まったくわからない人だ」

深々とため息をついたかと思うと、彼は不意に私の腕をつかんで、その胸に引き寄せた。

「——な、何す……んっ」

顎を捉えられて、強引に上を向かされた私は、唇に何か温かなものを感じた。ふわりと爽やかな、それでいて大人っぽい香りが鼻腔を掠め、脳内が麻痺したようになる。一体、私の身に何が起こったのか、ショートして弾けた思考回路で考えることは不可能だった。

見開いた視線の先に、顔面蒼白になって小刻みに震えている真理絵さんの姿が見える。そしてすぐ手前に、なぜか剣持さんの長いまつげが見えた。

え？　な、何？　私、もしかして……キス、されてる⁉

その長いまつげの向こうで、うっすら開いた瞳が意味深に笑ったような気がした。

放心状態になった私から、すっとその温もりが離れる。

「こういうことだから、わかった？　お引き取り願おうか、お嬢さん」

剣持さんは棒立ちになっている真理絵さんを横目で睨むと、彼女は唇をフルフルとわななかせた。

「そんな、婚約者って言ったの……やっぱり、本当だったの？」

「だから、さっきもラウンジでそう紹介したでしょう？　もっと証拠が見たいのなら、ここから先はR指定ですけど？」

剣持さんがニヤリと笑うと、真理絵さんは火がついたように顔を赤くした。

「パパに仕事の契約切るように言ってやる！」

彼女の怒鳴り声にも眉ひとつ動かさず、剣持さんはフンと鼻を鳴らした。

「どうぞご自由に。あぁ、言っておきますが、契約を切られて困るのはそちらの会社だということを忘れずに」

剣持さんの不敵な笑いに、真理絵さんは目に涙を浮かべて、まだ何か言いたげな顔をしている。

「パパが心配してますよ？　もうお帰りになったほうがいいのでは？」

そう言われて、これ以上何も言葉が見つからなかったのか、真理絵さんは唇をギュッと噛んでその場を立ち去っていった。

このふたりの会話に全くついていけず、まだ呆然となっている私に、剣持さんがやっと視線を向ける。

「なんだ？」

「な、なんだ？　じゃないでしょう⁉」

いきなりキスしておいて平然としている彼の態度に、頭に血が上った。

「もしかして今の、彼女にわざわざ見せつけるためですか⁉」

「そうだが」

全く動揺していないし、悪びれた様子もない。一体この男は何を考えているのか。

「どういうつもりですか！　キ、キスなんかして……」

「まさか初めてだったわけじゃないだろう？」

「そういう問題じゃありませんっ！」

キーキーわめき散らす私に、剣持さんは辟易（へきえき）した様子で言った。

「まったく、これだから女は嫌いなんだ。面倒くさい」

もう、我慢の限界だった。頭の中で何かがブチンと切れる音がした。

甘い誘いにホイホイついてきた私が一番悪いけれど、バカにするのもいい加減にしてほしい。私はその怒りを爆発させるように、平然としている彼の頬（ほお）を、バチーンと思い切りひっぱたいてやった。

「バカッ！」

「な、なんだって？　バカ？」

叩かれて横に向いた顔を私に向けると、何をするんだと言わんばかりに剣持さんは私を鋭く睨んだ。

「もういいです！　帰ります！」

私は剣持さんを睨みつけると、踵を返した。

ロイヤルスイートなんて、もうどうでもいい。早くこの場から、この最悪な男から逃れたい。

足早に廊下を歩いて、エレベーターに転がり込んだ——。

最悪な再会

先週はいろいろなことがありすぎた。

彼氏にフラれ、いきなり現れたナンパ冷血男にキスされて、土日で同棲していたマンションの部屋を片付けた。思いのほか荷物が多すぎて、とりあえず次の物件が見つかるまで、会社の近くのビジネスホテルに滞在することにした。

先週の金曜日、怒りに任せて赤坂のホテルから飛び出した私は、仕方なく新宿にある漫画喫茶で一夜を過ごした。なんだかんだ言って、結局行き着くところは漫画喫茶。目まぐるしい出来事に私の神経は昂ぶり、一睡もできなかった。

せっかく漫画喫茶に来たんだからと、気分転換に恋愛もののコミックや小説を読みまくった。けれど、どの話もハッピーエンドで、私も本当はこうなるはずだったのに……とますます惨めになるだけだった。

そして週が明けて月曜日の朝。

疫病神に取り憑かれたのではないかと思うくらい、最悪なことが私の身に起こった。

社員証を首に下げようとバッグに手を突っ込んだものの、そこにあるはずのものがないのだ。

「な、ない……ない！」

嘘！　どこ？　えーっと、確かバッグに入れておいたんだけど……。

営業部のオフィス前であたふたしながら、もう一度バッグの中身をひっくり返して確認してみる。隈なく探したけれど、やっぱりない。

たまたま通りかかった警備員さんに声をかけてもらい、事情を話してなんとかオフィスには入れたものの、私は頭を抱えた……。

私の社員証はクレジット機能がついているタイプのもので、状況によってはカード会社へ連絡しなければならない。そして再発行の手続きをして、上司に謝罪して、始末書も書かなければ……。

あぁ、どうしよう～‼　最悪！

今日は少し早めに出社してデータ処理だけやってしまおうと思っていたのに、社員証探しで、あっという間に始業時間の九時になってしまった。ミーティングのために営業部の社員がぞろぞろとオフィスに集まりだす。

「おはよう、莉奈」

絶望してデスクに突っ伏している私の肩を、誰かがポンッと叩く。顔を上げると、私の心とはまるで正反対な、期待に満ちた表情の亜美がいた。

「今日から新しい営業部長が来るでしょ？　どんな人か楽しみなんだけど！」

「え？　今日から？」

きょとんとしている私を見て、亜美が呆れ顔をする。

「莉奈、もしかして先週回ってきた社内メール見てないの？　河辺部長が役職定年になって、後任の新しい統括部長が今日来るって言ってたじゃない」

そうだ、そうでした。思い出した！　先日、河辺部長が定年退職し、新しい部長がアカウントエグゼクティブとしてバンクーバー支社から来る。そのメールはちらっと見た。けれど、今日からだったなんて……。

アカウントエグゼクティブとは、広告会社の営業担当責任者で、クライアントと密に関わりながらニーズを引き出し、その広告を作成するにあたって制作部、媒体部からチーム編成のメンバーを任命する役割を担っている。クライアントとクリエイターが円滑に仕事を進めるうえで、なくてはならない存在だ。

はぁ、じゃあ、着任して早々の部長に、社員証をなくした始末書を提出しなければならないのか……絶対、印象悪いじゃない！

私はガクリと肩を落とした。

　私は河辺部長が大嫌いだった。いつもうっすら禿げた頭に脂が浮いていて、この営業部に女性は内勤、男性は外回りというスタンスを植え込んだのも河辺部長だった。もっと企業コンペに参加して契約を取って、バリバリの営業ウーマンとして仕事がしたい。それなのに、とある出来事をきっかけに嫌われてしまい、外回りをさせてもらえなくなってしまった。河辺部長は、私にとってトラウマの人でもあった。

「ほら、あの人が新しい部長じゃない？　嘘、めちゃ若くてカッコいいんですけど！　莉奈、ミーティング始まるよ」

「うん、わかっ――⁉」

　ツンツンと肘で突っつかれて、うつむいていた顔をゆっくり上げると、専務の横ですっと姿勢を正して立っている、しかも、見覚えのある人に私は思わず妙な声をあげそうになった。

「今ここにいる社員にだけ先に紹介しよう、今日から本社の統括営業部長に就任した剣持君だ」

「剣持優弥です。今日からよろしくお願いします」

　黒縁で細身のスクエアフレームの眼鏡をかけたその人は剣持優弥と名乗り、ペコリと営業部社員に一礼した。

な、なななんで⁉　あのキス男がここにいるの⁉

見間違いじゃない。人違いでもない。紛れもなく、先週、赤坂の高級ラウンジで婚約者のフリをさせた挙句、いきなりキスをしてきたあの男だった。あの時は眼鏡をかけていなかったから、なんとなく雰囲気が違う。

こんな偶然があっていいのか。目は丸くなったまま、開いた口が塞がらない。そんな時に、剣持さん……いや、剣持部長と一瞬目が合った。

何よ、なんでこっち見るの？　やめてー！

すると、私の驚いた顔がさぞ滑稽だったのか、彼の形のいい口元がほんの少しほころんだ気がした。

だけど彼だって、私がこの会社に、しかもこの部署にいるなんてことは知らなかったはずだ。それなのに、とくに驚いた顔ひとつせずに、淡々と今まで自分が海外支社でやってきた仕事や、これからここでどんな部署作りをしていくかを話している。

そんな彼の自己紹介も、全く私の耳には入ってこなかった。

「莉奈〜！　私もう、毎日会社に来るのが楽しみになっちゃった。三十二歳だって！年もちょうどいいし！」

ミーティングが終わり、営業部の社員がそれぞれ解散したあと、緩みまくった顔で亜美が私に話しかけてきた。

「あ、そう、それはよかったね……」

年もちょうどいいって、なんのことよ……はぁ。

「剣持部長、イケメンだし！ うーん、ちょっと表情が硬いけどさ、そんなキリッとした顔も素敵だよね。歓迎会しなきゃ！」

表情が硬いのは多分元々だよ。歓迎会？ 私は不参加でお願いします。そう心の中でぶつぶつ呟いていると、その剣持部長が無表情で私のところへやってきた。

「あの、何か……？」

椅子に座る私を見下ろす彼は、相変わらず飄々と何食わぬ顔をしている。

隣にいる亜美は、間近で見る剣持さんに目を輝かせて、熱いため息をこぼしている。

私はというと、亜美と違ってそんな余裕はない。気まずすぎて目を合わせることもできなかった。先週のことを亜美の前でベラベラと喋りだしたらどうしようと、あれこれ考えて身構えていると。

「君、これがないと困るだろう？」

すっと目の前に差し出されたのは、てっきりなくしたと思っていた社員証だった。

「あ！ 私の社員証！」

どうしてこれを剣持部長が？　あ！　もしかしてあの時……。

社員証をなくした場所に、なんとなく察しはついていた。パークホテルのラウンジ。

剣持部長にぶつかった弾みでバッグの中身を床にぶちまけてしまった、あのタイミングしかない。

「大事なものだろ？　新任早々俺に始末書なんて見せてくれるなよ、松川莉奈」

「な……」

眼鏡のブリッジをクイッと上げて、わざとらしく私の名前、しかもフルネームで呼ぶと、唇の端を上げてニヤリとした。

〝また会ったな〟という意図が感じられて、思わず真っ赤になってしまった私を横目に、彼は何も言わずオフィスを後にした。

ムカつくっ！　なんなのあの男！　あぁ～あの人が今日から私の上司だなんて……先が思いやられる。

剣持部長が私と再会しても、さして驚いた様子もなかったのは、私の社員証を持っていたからだ。なるほどね、と自分の中で納得する。

「え？　なになに？　剣持部長と莉奈って知り合い？　なんで莉奈の社員証を持ってたの？」

「知り合い？　全然違うし！　多分、会社のどこかで落としたのを拾ってくれたんだよ、うん！　実はさっきから探してたんだ。あー、見つかってよかった！」

面識がある程度で、知り合いなんかじゃない。

私は動揺を悟られないように全力でブンブンと首を振ると、亜美は頭にハテナマークをつけながら「へぇ、そうだったんだ」と言って仕事に戻っていった。

剣持部長は、各部署に挨拶回りをしているのか、午前中はミーティングが終わってから営業部のオフィスに戻ってくることはなかった。剣持部長のことを思うと、どうしても落ち着かず、山のように仕事があるのに全く集中できなかった。

時計を見るとちょうど昼休憩の時間に差しかかっている。お昼も返上して仕事をしようかと思っていたけれど、いったんここは頭を切り替えるために食堂へ行こうと席を立った。

いつもは亜美と一緒に昼休憩を取っているが、外回りからまだ帰ってきていないようだ。彼女は主に外回りの営業で、先日も某飲料水メーカーの契約を取ってきた。以前は私も外回りの営業だったけれど、今は内勤で社内にかかってくる電話対応、営業担当の資料作成時のデータ集計、勤務調整や管理などの業務を担当している。

「あ、松川さん」

食堂へ向かう廊下の角を曲がったところで専務と鉢合わせた。

よかった。剣持部長と一緒じゃないみたい。なんとなく気まずいし……。

そんなことを思いながらホッと胸を撫で下ろしていると、専務がニンマリと笑った。

「君、今夜あたりにでも剣持君の歓迎会をやってくれないかな」

「今夜、ですか？」

「私も参加できればと思っていたんだが、今夜は他社との会食があってね。今日あたりならまだ営業部の社員もさほど忙しくないだろう？　剣持君は口数が少ないから、少しでも早くみんなと打ち解けてもらえればいいと思ってね。剣持君も今夜なら時間があると言っていたかな」

この時期、夏物の商品広告のために、営業はその忙しさに拍車がかかる。時間がある時に、できるだけ営業部の社員と親睦を深めさせたいのだろう。

「剣持君は先週、カナダから帰国してきたばかりでね。君は知らないと思うが、彼、優秀なんだよ？　アメリカの大学を首席で卒業して、国内外の支社長をいくつか務めてようやく本社に栄転してきたんだ。それで――」

忘れていた。この専務、確か私が入社する前は営業部にいて、口から先に生まれた営業マンと呼ばれていた人だったことを……。

「へー、剣持部長ってすごいんですねー」

作り笑いを浮かべながら興味なさげに答えるけれど、専務はおかまいなしに延々と剣持部長の栄光話を喋り続けた。

はぁ、専務の話、長いなぁ。

歓迎会っていったって……ま、まさか私に幹事を頼むつもりじゃないよね？

専務は呑気に笑っているけれど、なんとなく嫌な予感がした。

「まぁ、そういうわけだから、君も剣持君に倣って仕事に励んでくれ。じゃあ、幹事役よろしく頼むよ。店を予約する時間くらいあるだろう？」

自分の思うままに喋り、ようやく満足したようだ。

「え、ええ……」

専務はうんうんとエビス顔で頷いて、もう一度「よろしく」と言って、その場を後にした。

予感的中。そりゃ、店を予約するくらいの時間はありますけど。なんか、暇と思われてるみたいで嫌な感じ。

営業部では、たまに社員が集まって飲みに出かけることもある。私も飲むのは好きだし、みんなとワイワイやるのも楽しいと思っている。けれど、今回の歓迎会はあの剣持部長が主役。そう思うと気乗りしない。

でも、社員証拾ってくれたし。専務に頼まれたら断れないし……。

納得のいかない思いはいくつもあるけれど、ここは自分が折れなきゃ仕方がない。

私は社食を食べながら、今夜入れそうな店をスマホで検索することにした。

本日の日替わり定食は豚の生姜焼き定食だった。お腹も空いていたし、黙々と食べていたら、あっという間に平らげてしまった。そして、何軒か店に連絡をし、やっと今夜入れそうな店を見つけて十九時に予約を取った。

剣持部長、今夜時間あるって言ってたみたいだし、大丈夫だよね。

ありきたりな大衆居酒屋だったけれど、多分、営業部のみんなは楽しく飲めればいいはずだ。

よし！　あとはみんなにメールで連絡して……と。そんなふうに思っていると、今夜の主役がちょうど食堂に入ってきた。私は急いでトレーを返却口に置き、足早に近づいて声をかけた。

「剣持部長！」

声をかけるだけなのに、なぜか変な動悸がしてぎこちなくなってしまう。剣持部長は横目でちらっと私を見た。

「あの……そうだ！　社員証、拾ってくださってありがとうございました」

先ほどは、まさかの再会に驚きすぎてお礼も言えなかった。

「別に」

腕を組み、社食のメニューを物色している彼は相変わらず無愛想で、声をかけたにもかかわらず、私に見向きもしなかった。

「剣持部長の歓迎会をしたいんですけど、今夜十九時に日黒駅前の居酒屋で――」

「ここの社食のおすすめはどれだ？」

……あの、私の今の話、聞いてました？

思わずそう言いかけて言葉を呑み込んだ。

「おすすめは日替わり定食ですけど、個人的にはハンバーグ定食が好きです」

って、私の好みはいらない情報だったよね……あぁ、何言ってるんだろ、私。

自分で言っておきながら後悔していると、てっきりおすすめの日替わり定食を選ぶかと思いきや、彼はハンバーグ定食を選んだ。

「おすすめは日替わりですけど？」

「別にいいだろう、気が変わった」

なんなんだろう、このマイペース！　しかも、歓迎会やるって言ってるのに無視して席に座ろうとしてるし！

剣持部長は、食堂のおばちゃんからハンバーグ定食の載ったトレーを受け取って窓際の席に座った。すると、話をするチャンスとばかりに、さっそくどこの部署かわからない女性社員数名が剣持部長の周りに集まりだす。

「剣持部長ですよね？　今日が初出社ですか？」

「そうだけど」

「あの、もし何かわからないことがあれば、聞いてくださいね」

「あぁ」

仏頂面をしているにもかかわらず、女性社員たちは盛り上がってキャッキャしている。どこから噂を聞きつけたのか知らないけれど、出社初日でこの人気ぶり。

私は呆気に取られてしばらく眺めていたけれど、ぼーっとしている場合じゃない、歓迎会のこと言わなきゃ、とハッとする。

「あの、剣持部長、歓迎会のことなんですけど！」

群がる女性社員の中に勇んで切り込むと、彼女たちは私を軽く睨んで、さっとその場を後にした。別に睨まれたって気にしない。肝心の返事をまだもらっていないのだから。

「歓迎会、来てくださいね。今夜時間があるって専務から聞いたので、予約入れておきました」

「そういうの、興味ないから」

お上品にハンバーグを箸で切って、もぐもぐと口にしながら剣持部長は素っ気なく言った。そんな返事がくると思っていなくて、満面ニコリ顔が思わず凍りつく。

「それに先ほど急に外せない仕事が入って、十九時までに終わるかわからない」

「え……」

急に仕事が入ったと聞いて目が点になる。その可能性を全く考えていなかった。

「すみません、でも、もう予約してしまいましたし……」

「キャンセルすればいいだろう」

剣持部長は黙々とハンバーグ定食を平らげ、席を立った。

「食べ終わるの早くないですか？　まだ十分も経ってないですよ？」

「営業をしていると、ちょっとの時間でも惜しいんだ。そもそも、食事の時間が一番無駄だと思っている」

剣持部長は返却口に空になったトレーを置き、さっさと食堂を後にしようとした。

「あ、ちょっと待って！」

長い足だから歩くのも早いのか、私は慌ててあとを追いかけた。

「キャンセルなんてしませんよ、絶対に来てください！」

ここで引き下がるわけにもいかない。私は剣持部長の前に回って半ば強引に約束の言葉を残すと、先に食堂を足早に出た。

剣持部長は私が思っている以上に冷淡で、素っ気なくて、無愛想で、ただ顔がいいだけの男だった。そして私は事故とはいえ、あの男に不意打ちでキスされた。そう思うとムカムカしてしょうがない。

昼休憩が終わってオフィスに戻り、釈然としない思いを椅子にぶつけるように、どかりと座った。

「な～にカリカリしてんの？」

頭の上から声をかけてきたのは、外回り営業リーダーの影山忠臣(かげやまただおみ)だった。ここの社員としては二年先輩だけれど、年が同じということもあって、いろいろと仕事の悩みを共有したり、亜美と三人でフランクな付き合いをしている。

クセのある濃茶の髪の毛で、目鼻立ちの整った、アイドルのような容姿をしている。学生の時にバイトでモデルをしていただけに、スラリと背も高い。その風貌を活かしてか、化粧品や宝飾品などの比較的女性社員の多い企業の契約をよく取ってくる。本人はあまりそういうふうに見られたくないみたいだけど、営業成績ナンバーワンのモテるエースだ。

「ちょっとむしゃくしゃしてるの。あ、そうだ、影山君、今夜剣持部長の歓迎会やるんだけど……」

「え？　歓迎会？　何時から？」

影山君はポケットから手帳を取り出して、予定を確認する。

「十九時から目黒駅前にあるいつもの居酒屋。前に営業部のみんなで行ったとこだよ」

すると、影山君は申し訳なさそうに眉尻を下げて、うーん、と唸（うな）った。

「ごめん。その時間、接待に呼ばれてるんだよなぁ。ちょっと断れない相手でさ」

影山君は話の引き出しがたくさんあって友達も多い。他社との飲み会にもよく誘われるみたいだし、接待と言われたら仕方がない。

「そっか、わかった」

「でも、途中から参加できるかもしれないから、その時はよろしく。じゃ、行ってきます」

キラッと白い歯を見せて笑うと、ジャケットを羽織って外回りに出かけていった。

そうだよね、いきなり今夜って言われても困るよね。

一応、営業部のみんなには歓迎会のお知らせメールは送った。急遽、歓迎会をやることになったにもかかわらず、ほとんどの人から返事がきた。店には大体二十人くらいの席で、と伝えてあったから、席が足りなくなることはなさそうだ。

剣持部長の歓迎会と思うと気が重いけれど、幹事の私が行かないわけにもいかず、十九時には終われるように仕事に取りかかった。

今夜は冬に逆戻りしたように冷え込む。今朝の天気予報では一日中暖かな陽気と言っていたのに、上着がないと少し肌寒い。

仕事を少し早めに切り上げて、予約をした駅前の居酒屋へ着いた。まだ誰も来ていないようで、「もう少し待ってもらえますか?」と店の人に声をかけると、愛想よく「大丈夫ですよ」と言ってくれる。

中で待っていようかと思ったけれど、なんとなく個室でひとり待ちぼうけするのも嫌だった。

早く誰か来ないかな……あんなふうに言ったけど、剣持部長来てくれるよね?

誰かから連絡が来ていないか確認しようと、バッグの中に手を入れてスマホを探す。取り出したスマホと一緒に、手帳が落ちた。

ん？　これは……。

手帳に挟まれた紙を見て広げてみると、それは慎一と結婚するために用意していた戸籍謄本だった。

あぁ、そういえば……ここに挟んでおいてたんだっけ。

今のところビジネスホテル暮らしのため、なくすと困ると思って手帳に挟んで携帯していたのだ。

なんでこんな時に……。

嫌なこと思い出しちゃったなと、それを再び畳んで手帳に挟み、まだ誰からも連絡がないスマホと一緒にバッグに押し込んだ。

集合時間の十九時から、十五分経った。

やっぱり、店の中で待ってようかな。

そう思って店内に入ると、寒さで縮こまった身体も和らいだ。そして、案内された座敷でしばらくぽつんと待っていると。

「莉奈ーっ！　お待たせ、ごめん、少し遅れた」

「亜美ぃ！」

笑顔で手を振りながら、亜美が営業部の男性社員を何人か引き連れてやってきた。

ひょっとして誰も来なかったらどうしようかと、不安に駆られていたところだった。やっと来てくれた仲間に泣きたい気分になる。

「剣持部長は？　もう来てる？」

「ううん、まだなんだ」

「えー、そうなんだ。早く来ないかなぁ」

期待を裏切るようで申し訳ない。ウキウキしている亜美を見ていると、もしかしたら来られないかも……なんて言えなかった。

しばらくすると、外出先からメールを見て来てくれた営業部の社員が次々と到着し、いつものような飲み会になった。当日に大人数の宴会だったこともあって、やっぱりコース料理は断られてしまったけれど、みんなかまわず、それぞれアラカルトで好きなものを注文している。

「剣持部長、まだー？　もう待てないっ！　電話！　松川さん幹事でしょ、電話してみて」

しびれを切らした女性社員にせがまれたけれど、もちろん剣持部長の連絡先なんて知らない。

「今夜はちょっと忙しいって言ってて。でもでも！　遅れて来るかもしれないから」

「えー！　何それ、主役が来ないんじゃ歓迎会にならないじゃない」

ブーブーと文句を言われて肩身が狭くなる。確かに、主役がいなければ歓迎会じゃない。

「もーいいじゃん、せっかく集まったんだから飲も飲も！」

亜美が私を庇ってグッと肩を引き寄せた。酒好きな彼女はすでに酔っ払っていて、グイグイとジョッキビールを呷っている。

「あ！　そうだ！　莉奈、先週どうだったの？」

「え？　先週？」

「彼氏とだよ～。もうすぐプロポーズされるかも～なんて言ってたじゃない」

あ、そっちか。

先週起きた剣持部長とのことかと、ビクッとしてしまった。考えてみれば亜美がそんなこと知るわけないのに。

「あはは、それがさ、フラれちゃって……」

「ええっ!?」

私に同棲している彼氏がいて、結婚までカウントダウンということを知っていた女性社員が一斉に声を揃えて驚く。

「嘘⁉　松川さん、同棲までしてたじゃん！」

人の不幸は蜜の味。なぜかこの手の話は盛り上がる。

「あはは……そうなんだけどね」

あ〜、恥ずかしい！　本当はみんなの前で、結婚決まりました！って、報告できたはずなのに……。

乾いた笑いを浮かべて顔の筋肉が引きつっているのがわかる。「どうして⁉」「なんて言われたの？」と、ずかずか傷ついた人の心に入ってきて、心配そうな顔をしながら、みんな好奇心で目は輝いている。

どーぞ、どーぞ、私の失恋話が酒の肴（さかな）になるんでしたらいくらでも。

そんなこんなで、私は自分がフラれた話を暴露しなければならなくなったのだった。

男性社員たちは仕事の話で盛り上がってるし、剣持さんはまだ来ない。私の周りはまるで女子会みたいになっている。

「えーー！　松川先輩、かわいそう！」

「もっといい男はいるって！」

「そうだそうだ！」

傷口に塩どころか、唐辛子でもすり込まれるような慰めに、私はもうどうでもよくなってグイグイとビールを呷った。お酒は強いほうだけれど、なんだか今夜は酔いが回るのが少し早い気がする。

主役である剣持部長が来ずの歓迎会が始まって二時間。

ここの座敷は二時間の時間制限があり、剣持部長が来るのを待ちたい気持ちは山々だけれど、そろそろ会計をしなければならなかった。

「あーあ、なんだぁ〜。結局、剣持部長来なかったね」

「でも楽しかったし、これはこれで、また改めればいいじゃん」

ブーブーと文句を言っている後輩女性社員を、亜美がなだめる。そんな姿に幹事として面目のなさを感じてしまう。

「莉奈、大丈夫？　なんかすごいペース早かったし、足元フラフラだよ？」

「大丈夫だよ〜、伝票もらってくるぅ〜」

そうは言いつつも、調子に乗って完全に飲みすぎてしまった。身体がふわふわするし、頭もほとんど機能していない。宴会場を出て、すれ違った店員さんにお会計の旨を伝えると。

「あ、お座敷をご利用のお客様ですか？　今さっき男性の方がお見えになって、お会計を先にお預かりしてるんですよ」

「え……？」

「同じ会社だっておっしゃってました」

だ、誰だろ？　男性って？　ま、まさか……。

「あの、その人眼鏡かけてました？　こーんな感じの、それで背が高くて——」

私が指で眼鏡のジェスチャーを取る。それでわかった店員さんもすごいけれど、ニコッとして「そうです」と答えた。

剣持部長だ！　なんで来てくれたのに帰っちゃうの？　もう！

「すみません、ありがとうございました。今さっき店を出ていったんですよね？」

「はい」

私は亜美にだけ会計の事情を話すと、まだ宴会場にいるみんなに「ごめん、先に帰る！」と伝えて猛ダッシュで店を飛び出した。

いきなりの結婚

目黒駅前は仕事終わりの会社員が行き交っていた。これから家に帰る人、飲みに行く人。居酒屋を勢いよく飛び出してきたのはいいけれど、彼がどっちに向かったのかすらわからなかった。

昔から考えなしで行動するのが私の悪いクセ。

けれど、まだ剣持部長が店を出てからそんなに時間は経っていないはずだ。だから、きっとこのあたりにいると勝手に信じて、きょろきょろとあたりを見回した。酔っているせいもあって、視線を動かすたびに目が回りそうになるのをギュッとつぶってこらえる。

みんな待ってたのに！　お金だけ払って帰るなんて！　絶対とっつかまえて何考えてるのか聞き出してやるんだから！

「おい」

拳を握りしめてギリギリと歯ぎしりしていると、不意に後ろから声をかけられた。こんな時に何？と振り返ってみると……。

「あ！　いた！　見つけた！」

まさかとは思ったけれど、目の前に剣持部長が立っていた。

イケメンのくせに仏頂面で、眼鏡をかけると少し神経質そう。

「剣持部長！」

「往来で大きな声を出すな」

　周りが見えなくなってしまった私に、剣持部長が眉間にしわを寄せてたしなめる。

「なんで帰っちゃうんですか？　何も言わずにお金だけ払って……みんな部長のこと待ってたんですよ？」

　剣持部長が面倒くさそうに、私から視線をそらした。

「だから言っただろう。俺はそういうの、興味ない」

　相変わらずそんな憎まれ口を叩いてくる剣持部長に、ムッとする。

「それじゃ、ただ部長に奢ってもらっただけじゃないですか」

「部下を労うのは上司として当たり前だろう」

　なんて頭の固い人なんだろう。

　そんなやり取りをしているうちに、だんだん景色がぐるぐる回ってきて、剣持部長の顔がマーブル状に見えてきた。

「私たち、まだ剣持部長に労われるようなことしてません！」

それだけ言うのが限界だった。

剣持部長のバカ！　なんでそんな壁を作ろうとするの？

「お、おい！」

徐々に視界が真っ暗になっていき、そして私を呼ぶ剣持部長の声だけが遠くに聞こえた。


——君は優秀な社員だと思っていたんだけどね、松川君。

——すみません！　河辺部長、契約破棄になってしまうなんて……私も思っていなかったことで——。

——言い訳はいい。残念だが、今度から外回りはしなくてよろしい。

——そんな！

——君にはがっかりさせられたよ。


「すみませ——っ⁉」

一瞬、自分がどこにいるのかわからず、私は思わず固まった。

ここは、どこ……？

どうやら私は立っているのではなく、寝かされているようだ。高くて白い天井に、四つのライトがついたシーリングファンが音もなくゆっくり回っている。下げられたブラインドからは明るい朝の太陽の光が細く差し込んでいた。

もしかして、私、一晩中ここで寝てたの……？

一体ここがどこなのかわからなかったけれど、久しぶりに嫌な夢を見たことははっきりしている。トラウマになっている過去の映像があんなに鮮明に夢に出てくるなんて、疲れている証拠だ。

きっちり蓋をして、ガムテープでぐるぐる巻きにして葬ったはずの過去。けれど、たまに夢に出てくる。そのたびに、ハッと目が覚める。額にべっとりと汗をかいていることに気づいて、不快な思いをする。

勝手に人の夢に出てこないでよね……。

視覚、聴覚が徐々に機能してくると、私はどこかの部屋で大きなベッドに寝ている状況を理解した。鉛のように重たい身体をのろのろと起こすと、胃から何かがこみ上げそうになる感覚に、咄嗟に口元を手で押さえ込む。なんとか落ち着いたと思ったら、今度はズキリと頭が痛んで、思わず顔が歪んだ。

いったぁ……ん？

なんとなく下半身に違和感があって、私の身体をふんわりと包んでいる白いカバーの掛け布団をそっとめくってみる。

あれ？　え……ええっ⁉

はいていたはずのスカートとストッキングが脱がされていた。見間違いだとブンブン首を振ってみる。けれど、何度見ても下半身はパンツしか身に着けていない。

「ちょ……何これ‼」

思わず声に出すと、そのタイミングで誰かが部屋に入ってきた。

「あぁ、起きたか」

低い声に顔を上げると、コーヒーカップを片手に持った剣持部長が優雅に近づいてくる。

「な、なんで剣持部長がここに？　それに私、なんでこんな格好――」

何がなんだかわからない。昨夜は剣持部長の歓迎会だった。結局、彼は来なくて、でも支払いだけはしてもらっちゃって……。

「昨夜の記憶がないなんて、君は相当酔っ払ってたんだな」

やれやれと首を振りながら、剣持部長はベッドサイドにある小さな椅子に腰掛ける。

酔っ払ってた？　私が？　でも、確かに酔ってたかもしれない。おっしゃる通り、かなり……。

「一応店に行ってはみたが、二時間制でもう終わりだと言われて、だったら顔を見せることもないと思って精算だけして帰ったんだ。それに何度も言うが、元々そういう飲み会は好きじゃない」

剣持部長はきっと、みんなと騒いで飲んだりするのが嫌いなタイプなのだ。なんとなく雰囲気でわかる。みんなと距離を置こうとするくせに、労うとかなんとか言って支払いをしてくれる小さな気遣いが矛盾している。

「けど、なぜか店にいるはずの君が駅前にいたから、声をかけたんだ。そうしたら散々俺に文句をぶつけた挙句、酔いつぶれて倒れた。君がどこに住んでいるかも知らないし、仕方ないから俺のマンションに連れてきてやったんだ」

「そ、それは……面目ないです」

そうだ！　思い出した、駅前で剣持部長を見つけて、なんで来なかったのかだの、奢ってもらっただけだの言って、そのあと多分倒れたんだ。

「しかも、部屋に着いた途端に目が覚めて、そうかと思えばトイレに駆け込んで三十分も出てこなかった。トイレで寝られても困るからな、部屋まで運び、衣服を緩めて寝かせておいたんだ」

「そう、だったんですか」

最悪だ、私……神様、どうか時間を巻き戻してください。

剣持部長は長い足を組み替えると、はぁとため息をついた。

「すみません。私、とんだご迷惑を……」

でも！　衣服を緩めたというより、脱がされてるよね⁉　私のパンツ、きっと見たよね？

そんなふうに思っていると、剣持部長が付け足すように言った。

「あぁ、君の色気のない下着と身体には興味ないし、何もしていないから安心しろ」

「なっ――」

さらりと失礼なことを言われてムッとしたけれど、どう考えても分が悪いのは私のほうだ。それに、剣持部長だと、『見たくらいで減るもんじゃない』なんて言われるに違いない。ここはとにかく落ち着いて。冷静になろう、私。

「本当にご迷惑をおかけしました。歓迎会のお会計もありがとうございました。それに、介抱していただいたお礼は、きちんと日を改めてしますので」

ペコリと素直に頭を下げて顔を上げると、剣持部長と目が合った。

　じっと見つめられたまま、しばらく沈黙が続く。なんとなくだけれど、彼の視線は苦手だ。何を考えているかうかがい知れない。

「君は、彼氏とかいるのか？」

「……は？」

　沈黙を破ったのは、なんの脈絡もない、意味不明で不躾な質問だった。

「なんですか、その質問。いたっていなくたっていいじゃないですか」

「まぁ、いたとしても関係ないが」

　ニヤリともしない彼の真面目な表情からいって、ふざけて聞いているわけではなさそうだ。嘘をついてごまかしても仕方がないし、私は正直に答えることにした。

「いませんよ。っていうか先日、剣持部長と初めて会った時にフラれたばっかりです」

「そうか、なら都合がいい」

　都合がいい？　なんの？　この人、一体どこまで失礼なんだろう？

「君の家はどこだ？」

　わざと不機嫌な顔をしているというのに、剣持部長はおかまいなしに質問を続けてきた。

「ないですよ、今は」

「ない？　どういうことだ？」

剣持部長の表情が一瞬、曇る。私の答え方が悪かった。ホームレスだと誤解されても困るし、私は言葉を付け足した。

「同棲してたマンションを出たんで、今は住所不定です」

「なるほど、そういうことか。ふぅん、だったらなおさら好都合だったな」

そこでようやく、彼がニヤリと笑った。何かを企んでいるようで、それがなんなのか知りたくて、もどかしい。

「だから！　一体、さっきからなんの質問を――」

「さすがに交際相手がいたのなら、申し訳ないことをしたと思って聞いただけだ」

申し訳ないこと？　ま、まさか……私、自分の記憶のないところで一夜の過ちを――？

「ど、どういうことですか？　本当に何もなかったんですよね？」

恐る恐る尋ねると、剣持部長は呆れたような顔をして言った。

「だから、何もしていないと言っているだろう。君は昨夜のことを、本当に何も覚えていないんだな」

そして、何やら一枚の紙を持ってきて、私に手渡した。それを見た途端、目が釘付けになる。

「なっ……はぁ⁉」

勢い余って、思わずベッドから飛び下りそうになった。けれど、自分は今パンツしかはいていないということを咄嗟に思い出し、慌てて留まった。

私は渡されたその紙切れを、もう一度食い入るように見つめる。

な、何これ‼　嘘、信じられない……。

「こ、婚姻届……って」

初めて現物を見るけれど、それは見紛うことなく婚姻届……のコピーだった。しかもすでに記入してある――。

「そうだ。今日から君は松川ではなく、剣持莉奈。俺の配偶者だ」

ええっ⁉　配偶者……って、私、結婚しちゃったってこと⁉

冗談、だよね……？

何がどうしてこうなったのか。昨日の出来事を一から思い出したくても、倒れた先はいっさい記憶がない。

「嘘、ですよね？　私、こんな届け、書いた覚えありません！」

「覚えがないと言われても、俺が〝結婚してくれ〟と言ったら喜んでいたじゃないか。

それは君の直筆だろう？」

無意識にぐしゃりと握り潰した婚姻届のコピーを慌ててもう一度開いてみると、確かに私の字だ。しかも印鑑までしっかり押してある。

「こんなの無効です！　だって、結婚の意思がないんだもの、原本はどこですか？　破り捨てま――」

「先ほど区役所に提出して受理された。ちょうど君は戸籍謄本も準備していたみたいだからな、用意周到なことに」

ま、まさか――。

私は枕元に置いてあった自分のバッグを勢いよく引き寄せて、手帳を取り出した。

何度手帳をめくってみても、挟んでおいたはずの戸籍謄本がない。バッグをひっくり返して、隈なく探してみるけれど、見つからない。慌てふためく私を、剣持部長は冷ややかな目で見つめている。

「な、ない……」

「誤解されても困るから言っておくが、俺もまさか君が戸籍謄本を持っているとは思っていなかった。それに、自分から俺に預けたんだぞ」

剣持部長に淡々と語られると、血の気が引くのがわかった。

自分から渡した？　嘘、勝手に私のバッグをあさって戸籍謄本を取ったんじゃ……。

「もしかして、俺が君の私物を勝手にあさったなんて思ってないだろうな？」

見透かしたように鋭く言われて、ギクリとなる。

「そ、そんな失礼なこと、思ってませんよ」

あはは、と乾いた笑いでごまかして、どうしようもない自分にため息が漏れた。

でも、そう言われてみれば、バッグから何かを取り出して渡した記憶もあるような……。

昨日、戸籍謄本をバッグに押し込んだのは覚えている。それがないということは、やはり剣持部長が言うように自分から渡した、ということなのだろう。

イマイチはっきりしない記憶に焦りとイラ立ちが募る。

「意思がなかったとはいえ、婚姻届だということもわかっていて君は記入、印鑑も押した。判断能力はあったということだ。それに、例外を除いて一度出された婚姻届は取り消せないことになっている」

剣持部長は腕を組んで鼻を鳴らすと目を細めた。

「その例外っていうのは……？」

「脅迫や詐欺の場合、重婚、婚姻不適年齢だ。ちなみに、俺は脅迫も詐欺もした覚えはない。ちゃんと言葉で〝結婚してくれ〟と言った。それに合意したのは君だぞ」

私が合意した？　いつ？　どこで？　一体、誰に？

とにかくいったん落ち着こうと、わけがわからず混乱していく頭を抱えて、私は何度も深呼吸した。

「私、昨日は酔っていて――」

「法律の世界に酒に酔っていて何も覚えていない、という言い訳は通用しない」

間髪入れずにそう言われてしまうと、ぐうの音も出ない。

これはきっと何かの間違いだ。まだ、悪い夢でも見ているんじゃないかと自分の頬をつねってみたけれど、確かに感じる痛みが現実だと告げてくる。

「そうだ！　証人欄は⁉　誰が記入したんですか？」

婚活雑誌を読みあさって得た知識だと、証人欄に記入がない場合は受理されないはずだ。まさか、昨日の今日で親が書くわけないし、友達だって……と思っていると。

「あぁ。それなら、俺の古くからの友人に記入してもらった」

「へ……？」

古くからの、友人？　どういうこと？

ぽかんと口を開けたままの私に、剣持部長が涼しげな顔で告げた。

「君は何か勘違いしているかもしれないが、証人欄に記入するのは何も夫側一名、妻側一名でなければいけないわけじゃない。夫側に二名いれば何も問題ない」

……は⁉　そうなの？　し、知らなかった……。

それを聞いて、ガクリと項垂れた。

けれど、まだ剣持部長が嘘をついているかも、という可能性を拭うことができず、私は再びパッと顔を上げた。

「私が合意のうえだったっていう証拠はないですよね？　裁判所に行って婚姻届の取り消しを申し立てることはできますよね？」

法律の知識は全くない。けれど、この状況をなんとかしなければと必死だった。

剣持部長に冷たくじっと見つめられ、私はごくりと生唾を飲み込んだ。

「確かに、君が婚姻届を記入している動画等の物理的証拠はない。だが、その記入された君の直筆が何よりの証拠だろう？　それに、裁判所にかけ合ったところで、いったん合意したくせに記憶がないから取り消しますっていうほうが、心証を悪くすると思うけどな」

勝ち誇ったように言われて、私は完全に逃げ道を塞がれてしまった。

結婚はしたかった。ものすごく。

けれど、まさか、こんなかたちで結婚してしまうなんて思いも寄らなかった。これは事故だ。非現実的すぎる。人生最大の汚点。

「そもそも、なんで私に結婚してくれなんて言ったんですか？」

そう。私が彼に一番聞きたかったのは、なぜ私にそんなことを言ってきたのか、だ。

すると、剣持部長は口の端をつり上げて不敵に笑った。

「先日のパーティーで君を婚約者として紹介したが、いっそのこと結婚してしまえば楽だと思ったからだ。行きたくもないパーティーで次々と重役の令嬢を紹介されて、お見合いだのなんだの、そういうのにいい加減うんざりしていたところだったしな。それに先日の社食で、君がいると、不思議とほかの女が逃げていくことがわかった。君には素質がある」

「それじゃ答えになってません！　それに、こんなむちゃくちゃなこと、会社になんて言えば……」

「総務課内で情報を止めておけば問題はない。必要のない場所で口外するつもりはないから安心しろ」

ありえない……。

この男、絶対にありえない！

こんな勝手な人が、仮にも私の結婚相手になっちゃったなんて……信じたくない！

いまだに呑み込めない現実に、くらくらと目眩がしそうだった。

「結婚したからには、それ相応の要望に応えよう。何か必要なものはあるか？」

そんなこと言われても、今すぐには思いつかない。とりあえず、思い浮かぶままに要求してみることにした。

「そうですね、住む場所が今ないので、億ションとか欲しいですね。あと、世界に数台しかない外車とか」

あぁ、何言ってるんだろう、私……。

元々、贅沢を知らない私が思いつくことといえば、家か車くらいだ。けど、さすがの剣持部長もいきなり億ションとか外車とか言われても——。

「わかった。すぐに用意しよう。そうだ、この部屋を君の名義で使うといい、設備も整っているし、立地もいいから億はくだらない。まさに君の言う億ションってやつだろ？　あぁ、それと言っていなかったが、ここは目黒駅西口の駅近マンションだ」

「えっ⁉」

それは無理だと言ってくるに違いないと思っていたのに、剣持部長は涼しげな顔で、あっさりと了承した。

会社があるのは目黒駅の東口。徒歩で会社に通えてしまうなんて夢みたいな話だ。あの毎朝の通勤ラッシュから解放されると思うと、それは私にとって少し魅力的な話だった。

いや、いやいや！　そんな簡単に流されちゃダメだって！

おいしい話につい心が揺らぎそうになるのを、ブンブンと頭を振って否定する。

「それに海外支社に行く前、勤務地の都合でここのマンションを使っていたが、実際はほとんどこの部屋に帰ってこない。普段は青山にあるマンションを主に使っている。新婚早々、別居で申し訳ないが、それなら君も気兼ねしなくていいだろう」

そういう問題ではない、ということはわかっているけれど、剣持部長は私をじりじりと誘惑する。

「君の結婚したい、という願いは叶っただろう？　これで俺は見合いだのなんだの言われても、君がいることで回避できる。その代わり俺は金銭面、生活面で何不自由なく君をサポートすることを約束しよう。だから、この結婚はお互いに合理的だ」

剣持部長の言う通り、私の〝結婚したい〟という願望はあっさり叶ってしまった。

けれど、私が思い描いていたものとは違いすぎるし、非現実的な展開に頭の情報処理が追いついていかない。ただ、婚姻届がすでに受理された以上は、どうあがいても覆すことはできないようだし……。

絶望の縁に立たされた私に追い打ちをかけるように、剣持部長が「契約成立」と言った。

これから自分の身に起ころうとしていることを考えると、輝かしい朝の光とは裏腹な剣持部長の不敵な笑みは、私の胸に暗雲をもたらしていった。


数時間後。

重たい頭をふらつかせ、とりあえず私は出勤時間を遅らせてもらい、事実確認のため区役所へ向かった――。

「先ほど婚姻届を提出されたんですよね？　すみません、新しい戸籍謄本や住民票は即日反映できないんですよ。代わりに婚姻届受理証明書なら発行できます」

とにかく結婚した事実を確認できるならなんでもいい。眼鏡をかけた中年の女性職員に、その婚姻届受理証明書とやらを発行してもらった。

剣持部長の悪い冗談かも？という淡い期待も虚しく、手渡された証明書には、婚姻年月日として今日の日付が、夫の欄に剣持部長の名前、妻の欄には私の名前、そして本籍と筆頭者がしっかり記載されていたのだった。

嘘でも冗談でもなかったよ……。

私、松川莉奈じゃなくて剣持莉奈になっちゃった……あぁあ！　信じられない！

心の中でそう叫びながら、呆然とその証明書を眺めた。いくら見返したところで、変わらないものは変わらない。

私はそれをバッグにしまうと、落胆を隠せないまま会社へ向かった――。

いつもと変わらない風景、いつもと変わらない社内。なのに、私の人生は百八十度変わった。

結婚宣言をされて数時間経ったけれども、まだ夢なんじゃないかと疑いたくなる。

今朝、衝撃の事実を知らされたあと、お互いの連絡先を交換し、剣持部長は出勤前に青山にあるマンションへ移動するとかなんとかで忙しなく出ていった。

私に気を使ったのかと思ったけれど、青山のマンションは、早朝の会議が開かれる場所に近いため、都合がいいそうだ。

剣持部長曰く、いい仕事をするには時間を効率よく使いこなすこと、だそうだ。

結婚に対する考え方もそうだけれど、剣持部長は一般人とは少し外れた感覚の持ち主なのかもしれない。けれど、身の振舞いもそつがなく上品だし、誰が見たってイケメン。性格に難があっても、そんなことを凌駕（りょうが）してしまうくらいに、何もかもが完壁に備わっている。

傍から見れば、そんな人と結婚できるなんて！と思うかもしれないけれど、自分の記憶のないところで結婚したなんて、やっぱり釈然としない。

よく考えたら、あんな堅物そうな人が変な冗談を言うようには見えないし。

本当に結婚しちゃったんだ……私。こんなこと、誰にも言えない。身内にだって言えるわけない。

心の中で呟くと、悪魔のような剣持部長の高笑いが聞こえてきそうだった。

私はそんな悪魔と、結婚という契約を交わしてしまった。罪悪感と後悔で押し潰されそうになる。

後悔しているのは剣持部長と予期せぬ結婚をしたということよりも、なんであんなに飲みつぶれてしまったのだろうということだった。始まりはそこからだ。私がハメを外さなければと思うと、深いため息ばかり出る。

「莉奈！　おはよう。昨日はあれから大丈夫だったの？」

出社して早々、亜美がずいずいと私のデスクにやってきて心配そうに言った。

「ごめんね。うん、大丈夫だったよ……また歓迎会、改めようね、今度はちゃんと剣持部長の予定聞いておくから」

「まったく、頼むよ〜。見ててこっちが心配になるくらい莉奈は抜けてるんだから」

亜美に言われると、ごもっともすぎて何も言えなくなってしまう。

「それにしても莉奈が言ってた昨日のお会計、やっぱり剣持部長が払ってくれたんだよね？　私も気になってお店の人に聞いたんだけど、うちの会社の人で眼鏡かけてスラッと背が高くてイケメンでって、特徴からいって剣持部長しかいないじゃない？」

亜美は腕を組んでほかに該当するような男性社員を頭に浮かべながら、うーんと唸っている。

「う、うん……お会計してくれたの剣持部長だったよ」

「えっ！　やっぱりそうだったんだ！」

勘が当たった。とばかりに亜美はパン！と手を叩く。

「結局、誰が払ってくれたんだって、参加してた人みんな心配してたから伝えておかなきゃ。それに剣持部長にもちゃんとお礼言わないとね。なんか悪いことしちゃったなぁ……」

「……私からも、お礼言っておくね」

今朝のことがあって、今は剣持部長の話をしたくない。けれど、亜美はニコニコ顔で話を続けた。

「はぁ～、剣持部長、粋なことするよねぇ、男は黙って、ってやつ？　もう、カッコよすぎるんだから！　ますますファンになっちゃったよ。でも、せっかく来たんだから顔くらい見せてくれたってよかったのにね。あ、私もう行かなきゃ！　先方で会議があるの」

「そっか、いってらっしゃい」

「じゃあね～」

亜美に続いて、外回りの社員たちがそれぞれ出かけていく。私はそんな姿を見送って、心の中で重いため息をついた。

いつまでも、くよくよ考えていても仕方がない！　仕事に集中しなきゃ。

パソコンを立ち上げ、作業に入ろうとした時だった。出鼻をくじくように外部から一本の電話がかかってきた。直接営業部にかかってくる電話は、主に取引先のことが多い。私が素早く受話器を取ると、落ち着いた品のある中年男性の声がした。

『株式会社マリクルの佐々木です。剣持さん、今、いらっしゃいますか？』

剣持部長に用事があってかけてきたみたいだったけれど、生憎、彼は朝から他社で会議だ。いつ戻ってくるかもわからない。

私が申し訳なくその旨を伝えると、佐々木さんはかえって恐縮したように電話口の向こうで小さく笑った。

『いいえ、それでは携帯のほうに連絡してみます。昨日はなんだかご無理をされていたみたいで……』

「え？」

『剣持さんが帰国したら一番に会食するって、岸田が無理に約束を取りつけたようで……。あの日、ほかにも用事がおありだったんじゃないでしょうか？　急いでいらっしゃるご様子だったので、そちらは大丈夫でしたでしょうか？』

岸田？　あ！　思い出した。

岸田さんは確か、マリクルの取締役社長だ。マリクルはスポーツ用品を扱う会社で、前からうちの会社も懇意にしてもらっている。

『帰国されて早々にお時間いただき、ありがとうございましたとお伝えください。それでは今後ともよろしくお願いいたします』

そう言って電話は切れた。物腰柔らかな雰囲気の人だったけれど、きっと岸田さんの秘書だろう。わざわざ気を使って電話までしてくれて、律儀な人だ。

そっか、昨日はマリクルと飲みだったんだ……しかも社長と。

そういえば、剣持部長は外せない仕事があると言っていた。取引先の社長と会食なら納得がいく。けれどそんな忙しい中、顔は見せなかったにしろ、一応歓迎会は気にしてくれたのだと思うと、いい人なのか悪い人なのかわからなくなってしまった――。

午後もそつなく仕事をこなし、少し残業してから今日は帰ろうと思っていた。

窓の外を見てみると、すっかり暗くなってしまった都心の夜景に、ひとつ、またひとつと灯りがともされていく。


時刻は十九時。

帰るといっても、自分のマンションではなく剣持部長に使ってもいいと言われたマンションだ。コンシェルジュサービス付きで、管理人、警備員が二十四時間体制で常駐している。

二重オートロックだけでなく、来訪者はコンシェルジュから手渡されるセキュリティカードがなければエレベーターにも乗れないという、しっかりしたシステムだ。

しかも最上階の部屋で、日当たり良好、眺めは抜群にいい。そんなところ、私みたいな庶民が決して住めるような場所ではないのはわかっている。

納得のいかない結婚の代償ではあるけれど、おかげで私はこんな高級マンションに住むチャンスを手に入れた。

剣持部長って、一体何者なんだろう……？

自分のデスクの上を片付けながら、そんな疑問がふと湧いてくる。

恋愛ドラマでお互いの気持ちがないのに結婚して、そこから本当の愛が芽生える話はあっても、やっぱり剣持部長と現実にそんなことがあるとは到底思えなかった。

剣持部長がお金持ちであることはわかるけれど、初めて出会ったあのパーティーだって、結局なんの集まりだったのか……私の中で剣持部長という存在はまだ大きな謎の塊でしかなかった——。

結婚宣言されて悶々(もんもん)としたまま、あっという間に一週間が過ぎていった。

目黒のマンションは、想像以上に住み心地がよかった。何しろ会社から徒歩圏内だから、通勤は快適。洗濯も食事も、必要があればコンシェルジュサービスを自由に使っていいと剣持部長から言われている。さすがに全部頼るわけにもいかないから、ある程度は自分でやっていくつもりだ。

贅沢な悩みなのかもしれないけれど、４ＬＤＫの部屋は、ひとりで住むには少々広すぎる気もした。

とりあえず、ビジネスホテルに置いてあった自分の荷物を少しずつマンションに運び込むと、なんとか生活は落ち着いた。

なんだか押しかけ女房みたい。そういえば、慎一と同棲する時もこんな感じで荷物運んだっけ……。

あの時は慎一も一緒にいて、私の引越しを手伝ってくれた。そして、ふたりの将来のことを話しながら幸せを感じていた。

今さら別れた彼のことを考えていても仕方がないけどね……。

今日は早めに仕事を終え、部屋を片付けるべく、どこにも寄り道せずに家に帰ってきた。なんでもかんでもとりあえずバッグに詰め込んだせいか、自分が普段使っていたマグカップが見当たらない。

「あっれ～、どこに行ったかな……？」

赤くて白いドット柄のお気に入りのカップだ。持ち手がほどよく自分の指に合っていて、使いやすかったのに……。もしかしたら、慎一のマンションに置いてきてしまったかもしれない。そう思い、私はすぐさまスマホで慎一の番号を呼び出した。

「あ～もう、なんで出ないのよ」

仕事中かな？　ここから品川にある慎一のマンションまでそう遠くはない。自分の物だし、お気に入りを捨てられるのも嫌だ。

チェックするかわからないけれど、メールで【私のマグカップそっちにある？　鍵も返したいし、今から行ってもいいかな？】と送信した。けれど、いくら待っても慎一から返事がない。

今日くらいしか早く帰れないし、いきなり行って迷惑かもしれないけれど、忘れ物を取りに行くくらい大丈夫だろう。それに、まだ慎一のマンションの鍵が手元にある。そう思い、さっそく出かける準備をして部屋を出た。

慎一と暮らし始めて毎日のように通っていた品川の街。たった一週間離れていただけなのに、ものすごく月日が経ってしまったように思える。会社へ行く途中でここのパン屋で昼のパンを買ったなとか、駅中にあるカフェにも行ったなとか、未練がましいくらいに思い出が自然と蘇る。

慎一のマンションは品川駅から徒歩で十五分ほど離れた閑静な住宅街の中にある。付き合っていた頃は、自分の家のような感覚だったけれど今は違う。マンションに近づくにつれて妙な緊張感でドキドキし始めた。

慎一の部屋は三階の角部屋だ。ふと見上げると、灯りがついている。なんだ、家にいるんじゃない。

バッグの中からスマホを取り出して画面を見てみるけれど、メールや着信はなかった。そのことにほんの少しモヤッとしながら階段を上がり玄関前に立つと、何度か深呼吸をしてインターホンを鳴らした。

出かける時は必ず電気を消す人だったから、不在ということはないはずだ。けれど、いくら待ってもドアが開く気配がしなかった。

おかしいな……。

不審に思ってもう一度私がインターホンを押そうと、人差し指をボタンに当てた時だった。

微かに女性の声が聞こえた気がした。声音が高かったから、慎一の声ではないとすぐにわかった。ただ、それは会話ではなく、嗚咽のような短く切れる声で、ドアの向こうから不規則に聞こえてくる。

「え……?」

私は思わず中の様子を窺おうと、そっと耳をドアにあてがった。

「あっ……ん」

え? な、何、今の?

耳をあてがって聞こえてきた声は、先ほどのよりも鮮明だった。そのおかげで女性の声が嗚咽ではなく、喘ぎ声だということがはっきりした。

し、信じられない‼ まさか……だよね？ 大人の鑑賞物かもしれないし。

そう思いたかったけれど、次に聞こえてきた「慎一君」と、彼の名前を呼ぶ甘い声に私は凍りついた。

早くこの場から立ち去りたいのに、足が動かなかった。

「私、慎一君の彼女になってもいいの？ 二番目でもよかったんだよ？」

「もう君は僕の一番だよ……」

ドアの向こうからそんな会話が聞こえた。

私はバカだ。わざわざ聞き耳を立てるなんて。こんな会話、聞かなければよかったのに。慎一が私と別れたかった本当の理由がわかってしまった。指先も、唇も足も、細かく震えている。

けれど、不思議と涙だけは出なかった。

帰ろう……もう、マグカップなんてどうでもいいよ。

私はその場を離れ、もつれそうになる足で階段を下りた。慎一と別れた時は虚無感でいっぱいだったけれど、今はなんというか、何もかもがバカらしく思えて仕方がなかった。

私と付き合っている時に、ほかの女性と二股をかけられていたかどうかはわからない。私と別れたあとに付き合った可能性だってある。

けれど、もうすべては今さらなのだ。表現しがたい感情を振り切り、エントランスにあるポストに鍵を入れて外に出た。

そして、もう二度と来ることはないだろうこのマンションに別れを告げ、鼻をつまんでツンと染みるような感覚を潰す。

よし！と気を取り直して歩きだそうとしたその時、バッグが細かく振動した。誰かからの着信だ。まさか慎一からじゃ、とスマホを取り出してみると、画面に表示されていた相手の名前は、意外にも剣持部長だった。

「もしもし？」

『今、どこにいる？』

剣持部長から電話なんて、連絡先を交換してから初めてだ。落ち着きのある低い声だったけれど、なんとなく疲れている？　そんな感じが声から窺える。

「今、私用で品川なんですけど……これから帰ろうかと思ってるところです」

毅然としていたつもりだったのに、ふと先ほどのことを思い出すと声が震えてしまった。けれど、剣持部長は何も聞かない。気づかれていないようだ。

『そうか、仕事が終わっているなら、これから俺に付き合わないか?』

一体どういう風の吹き回しだろう。剣持部長のほうから誘ってくるなんて。この時間から付き合うといったら、飲みに行くことくらいしか思いつかない。

「付き合うって? どこに行くんですか?」

『目黒駅近くに雰囲気のいいバーがあって、俺も今日は久しぶりに仕事が早く終わったから、少し飲みたい気分なんだ』

奇遇ですね。私も今まさにそんな気分ですよ、剣持部長。

「わかりました。今すぐにそっちに向かいます」

『あぁ、じゃあまた』

短い電話だったけれど、ちょうどいいタイミングで気晴らしができる。剣持部長の誘いがなければ、きっとひとりで悶々としていただろう。自分の気持ちを救ってくれたことに感謝しつつ、私は改札を足早に抜け電車に乗り込んだ。

剣持部長にまともに会うのは、なんだか久しぶりのような気がした。同じ部署にいるとはいえ、すれ違いばかりだ。私が目黒のマンションに引越しをしてから、一度も帰ってきたことはない。そんな日々が続いていると、本当に剣持部長は自分の夫なのかと、また疑いたくなる。

別に、剣持部長と会わないからといって、どうにかなるわけではないけれど……。

「お待たせしました！」

「別に、たいして待ってない」

改札を出るとすぐに剣持部長の姿が目に入った。ひと際背も高く、容姿もいいから

ある意味目立つのだ。

今日は落ち着いたグレーのスーツ、手には紺にキャメルのラインが入ったオシャレ

なビジネス鞄を携えていた。そして黒の革靴が相変わらず綺麗に光っている。

昔、雑誌で『靴の綺麗な男性＝仕事のデキる男』という特集を読んだことがあるけ

れど、あながち間違いでもないかもしれない。

「剣持部長、今日は眼鏡かけてないんですね」

私が顔を覗き込むと、彼は少し恥ずかしそうにして目をそらした。

「今日はコンタクトなんだ。眼鏡をかけると、どうも堅苦しく見られがちだから、フ

ランクに話したい相手と会う時はコンタクトにしている」

ＴＰＯに合わせて自分の見せ方を変えているなんて知らなかった。

そういえば、初めて会った時も眼鏡はしていなかった。

眼鏡をしているとわからないけれど、剣持部長は大人っぽい顔立ちの中に、目元に

ほんの少しのあどけなさが残っている。それが、なぜか可愛らしく思えてしまうのだ。こんなこと、もちろん本人に言えないけれど。

他愛のない話をしながら駅から歩いていくと、ひっそりと佇む小さなバーにたどり着いた。

ウッドデッキのテラス席には、若いカップルがまったりとグラスを交わしていた。中へ入ると、カウンター席が六席。黒革のカウンターチェアにはＯＬ客がふたり談笑しながら座っている。オレンジ色の間接照明が店内をやんわりと照らしていて、ＢＧＭのジャズが落ち着いた大人な雰囲気を醸し出していた。

お店は小さいけど静かだし、私好みのバーね。

カウンターの内側の棚には、種類豊富なリキュール瓶が陳列されているのが見えた。

奥の席に座るように促されて、続いて剣持部長が隣に座る。

「この店、メニューがないんだ。好きなものを頼むといい」

マスターは四十代くらいの髭の生えたワイルドな感じの人で、顔見知りなのか剣持部長を見るとニコリと笑った。

「いらっしゃいませ、今日はひとりじゃないんですね」

「あぁ、彼女は私の部下なんです」

部下……？　あ、結婚したことを伏せておきたいんだ。

私は自分でそう納得する。結婚したことは、必要な人にしか言わないつもりなのだろう。

ジャケットを脱ぐ剣持部長を横目で見ていると、目が合った。私が、物言いたげに見えたのか。

「なんだ、俺の妻だと紹介してほしかったか？」

ニヤリとする彼に、なぜか胸が小さく跳ねた。

「そんなこと思ってません！」

ツンとそっぽを向いて、私はさっそくマティーニを注文した。

剣持部長のことだから、また高級なバーにでも行くのかと思って身構えてしまったけれど、こんな感じの店に連れてこられるなんて意外だった。

「そういえば、この前区役所に行ってきました。私たち、本当に結婚しちゃったんですね」

「俺が冗談を言うタイプに見えるか？」

「いえ、見えません。ただあの時は半信半疑だったので、自分の目で確かめたかったんです。それに、まだ実感もありません」

「まぁ、結婚したら、誰しも初めは実感がないって言うからな」

身も心も愛した人と結ばれて結婚したら嬉しくて実感がない、という一般的な気持ちはわかる。けれど、私の場合はそうじゃない。

ちぐはぐな会話に見切りをつけ、私は話題を変えることにした。

「剣持部長、帰国してきたばかりなのに、よくこのお店のこと知ってましたね。結構穴場っぽい感じですけど」

「あぁ、以前、本社へ出張した時に偶然見つけて何度か来ている。こういう静かな雰囲気は嫌いじゃない」

素直に好きって言えばいいのに。そんなふうに思っていると、私が注文したマティーニと部長のハイボールがカウンターの前に差し出された。

「お疲れさまです」

「あぁ、お疲れ」

軽く乾杯をして、ほんの少しマティーニに口をつけると、キリッとした辛口の味わいと爽やかなレモンの風味が鼻から抜けた。

「君は結構、酒が飲める口なのか？」

剣持部長が問いかける。

マティーニはシンプルだけどアルコール度数も高く、辛口で飲み慣れていない人には少しきついお酒だ。甘くて飲みやすいカクテルが好きな女性は多いのかもしれないけれど、私はどちらかというとドライな口当たりが好きだった。

「お酒は好きです。先日はつい飲みすぎちゃいましたけど、いつもはあんなんじゃないんですよ」

今さらのように弁解すると、剣持部長がクスリと笑う。

「社交の場で酒に強いのはいいことだ。なんせ、見境なくパーティーでガンガン酒を勧めてくる連中がたくさんいるからな」

あぁ、そういうことですか。私が酒に強いということも、剣持部長にとっては都合がいい要因のひとつなんだ。

淡々と言われると、なんだか複雑な気分になる。

「それで？　君がいつもあんな飲み方をしないのに酔いつぶれるまで飲んだことと、さっき電話で泣いていたことは、別れた彼氏と何か関係があるのか？」

「え……？」

いきなりのストレートな質問に、私は戸惑う。

「さ、寒かったからっ、少し声が震えていたかもしれませんけど、泣いてなんかいません」

「別に今夜は寒いっていうほど寒くないだろ？」

嘘を指摘されたみたいで、何も言えなくなった。

電話をしていた時、慎一のことで少しうるっとしたかもしれないけれど、泣いてなんかない……多分。

それにしても、剣持部長の洞察力は恐ろしい。しかも、言い訳の言葉も見つからない。だから正直に先ほどのことを話すことにした。

「実は……その彼氏とは結婚を考えていたんですけど、自分のことよりも結婚のことしか考えていないからって理由でフラれたんですよ、でも結局……」

「ほかに女がいた？」

「うぐ……」

ほんとにさっきから、なんで痛いところばかり突っついてくるかな……。

私がうつむいて黙っていると、「図星か」と言って剣持部長は同情するでもなく、何食わぬ顔でハイボールを呷った。

「剣持部長にとって、結婚ってなんだと思いますか？」

いろいろ考えた挙句、私はその気まずい雰囲気を取り繕うのが見え見えの質問を投げかけていた。彼は、二杯目のハイボールを傾けながら、そっと目を細めてグラスを見つめた。

「互いの利害関係のうえに成り立つものだと思っている」

「……へ？」

りがい、かんけい？

剣持部長はいきなり交際期間も関係なく結婚してしまう人だ。結婚に愛だの恋だの存在しない、なんて言うだろうとは思っていたけれど、彼の結婚に対する概念はかなりドライなものだった。

「たとえそこに愛情がなくても、結婚なんてお互いに都合がいい相手だと思えば成立する。書面上はな」

それは、そうかもしれないけれど……。

だから俺たちもこうして結婚できただろ？と言われているようで、複雑だった。

「剣持部長は……その、ほかに結婚したいって思ったことは？」

「ないな。でも、もうそんなことを考える必要もないだろ」

そう言って彼は横目でうっすら笑う。

あぁ、聞いた私がバカだったかも。剣持部長にはきっと人を好きになるっていう感情がないんだ。慎一に浮気されていた私が言うのもなんだけど……。

「じゃあ、今までに好きになった人とかいないんですか？」

「……そういう感情、よくわからない。言い寄られて試しに何度か付き合ったことはあるが……結局、俺が何を考えているのかわからないそうだ」

何を考えているのかわからない。私も元カノたちと同意見ですよ！

口を衝いて出てしまいそうになる言葉を、ぐっと喉元へ押し返す。

「けど、君は……そうだな、俺が唯一、興味深いと感じた女性だと思う」

「え？」

「なんせ、この俺をひっぱたいたんだからな」

そう言うと、剣持部長が笑みを含んだ視線で私をじっと見つめてきた。

もしかして、わざわざ回りくどい言い方をして、叩いたことをまだ根に持ってるんじゃ……。でも、あれはいきなり剣持部長がキスしてきたからで……。

「あれは、正当防衛です」

「ふぅん」

剣持部長の挑発的な視線にイライラする……はずなのに、なぜか私の心臓はドキドキと波打っていた。

「まぁ、君の元彼氏のことについて俺が言うのもなんだが、そんな情けない理由をこじつけて二股するようなな甲斐性のないヤツだった、ということだ」

その言葉が、すとんと胸に落ちた。

剣持部長は慎一と会ったこともないし、どんな男だったのかも知らない。なのに、そんなふうに言い切る彼が不思議に思えて、私はますます剣持優弥という人がわからなくなった。

飲み終わったマティーニのグラスの中でオリーブがコロンと小さく転がるのと同時に、剣持部長が口を開いた。

「俺が今日、ここへ君を連れてきたのは単なる気まぐれだが、少しは気晴らしになったか？」

「気まぐれなら、ひとりで来てもよかったじゃないですか」

もしかして、剣持部長は私に気を使ってくれたのかな？

そう思いつつも、なんとなくそんな可愛くない言葉が口を衝いて出てしまう。それでも、表情を変えることなく言った。

「そう言われたらそうだな。けど、君に伝えたいことがあったのも確かだ」

「伝えたいこと？　仕事の話ですか？」

そう言うと、彼はゆっくりと首を振った。

「実は、来週の土曜に俺も含めて実家の会社が謝恩会に招待されているんだ。それに同伴してもらう、もちろん妻として」

「実家の会社？」

そういえば、私は彼の配偶者になってしまったとはいえ、剣持部長のことを何も知らなかった。それなのに妻として扱われるのは、やっぱり不可解だった。

「まだ、君に話していなかったが、俺の父親はエージンホールディングスの代表取締役で——」

「ええっ⁉　エージンホールディングス⁉」

「バカ、声が大きい」

エージンホールディングスと聞いて、私は思わず声に出して驚いてしまった。剣持部長に横目でキッと睨まれて慌てて口を押さえる。

エージンホールディングスといえば、百貨店、ＩＴサービス、総合スーパーなど数々の有名店を傘下に持ち、国外でも幅広く事業を展開する大手の中の大手流通会社だ。仕事で何度も関わったこともあるし、その名を知らない人なんていない。

まさか、剣持部長がそんなメガ企業の御曹司だったなんて……。

「そういう反応をされるから嫌なんだ」

剣持部長は、はぁとため息をついて視線を下に落とした。

「すみません。でも、驚かないほうが無理です」

「まぁ、それはいいとして、創立記念だの新製品発表会のパーティーだの、親父の息のかかった企業と嫌でも関わらなきゃならない。プライベートだが、顔を出さなきゃ今の自分の仕事にも影響がないとも言い切れないしな」

剣持部長はいかにも面倒くさそうにぼやく。

「剣持部長は実家の会社に入ろうとは思わなかったんですか？」

「二十代の初めの頃は親父の下で仕事をしていたが……親父の言いなりになっているのが嫌で、自分から全く関係のない会社へ転職した。そういうパーティーには必ず顔を出すということを条件にね」

おそらく剣持部長は、自分の道は自分で切り開いて自由になりたかったのだろう。

それでも、実家のしがらみに捕らわれているんだと思うと、少し気の毒になった。

「それに、俺があの家にいなくとも兄貴たちがすでに役職に就いているから、親父にとってはなんの問題もない」

家のことを話す剣持部長の表情は険しかった。言葉を選んで話さなければ気分を害させてしまうような気がした。

「あぁ、すまない、つまらない話をしたな」

「いいえ。それで来週末、私は剣持部長の妻として同行すればいいんですね？」

「そうだ」

素っ気ない答えが返ってくる。

この前のように、自分の知らない世界を覗いてみるのも悪くない。ただ、私は人形のように剣持部長の横にいればいいだけなんだから。

けれど、まだ人妻になった実感もないし自信もない。そんなことでいいのかと不安になる。

「そういう謝恩会ならドレスコードとかあるんですよね？　私、気の利いた服がないんですけど……」

「俺がすべてその場に合うように見繕うから、君は心配しなくていい。それに謝恩会までに時間はまだある。買い物に行くのに、君の都合のいい日を教えてくれ」

私はバッグから手帳を取り出して、残業のなさそうな日をチェックする。

「そうですね、今日が月曜だから……明後日の水曜日とかどうですか？」

剣持部長も自分の手帳を見ながら予定を確認する。私よりもずっと忙しい彼は、しばらく考えてから水曜日の二十時に渋谷駅で待ち合わせる約束をした。

「出先から向かうから、万が一遅れそうな時は連絡する」

「わかりました」

なんだかこれって……デートの約束みたい？

そんなふうに思うなんて、私どうかしてるよね。

「それで、君さえよければの話なんだが……」

すると剣持部長が改まったように口を開く。

「またこうやって飲みに付き合ってくれないか？」

「え……？」

「興味のない飲み会や会食に行くより、君とこうして静かに飲んでいるほうがいいということがわかった」

いちいち堅苦しい言い回しをする剣持部長がおかしくて、私はつい噴き出しそうになってしまう。

もしかしたら、照れ隠し……とか？

私も剣持部長と飲んでいて嫌な気はしなかった。それに、慎一に裏切られたというのに、不思議なくらい、こうして笑っていられる。

「いいですよ、また飲みに誘ってください」

するど彼はホッとしたように目を細め、初めて笑顔になった。

あ、笑った。剣持部長、こんなふうに笑うんだ。

そんな彼の表情を見ていると、私の心は穏やかになって、でも、ほんの少し波打った気がした。

一時間くらいバーで飲んだあと、彼は青山のマンションに帰っていった。私も帰宅して、誰もいない部屋でひとりソファにもたれかかった。

新しいマンションでの暮らしも落ち着いてきた。

海外赴任中、管理会社に空室管理を頼んでいたらしく、部屋は隅々まで綺麗だ。赴任前から剣持部長はあまりこの部屋を使っていなかったのか、彼の私物と思われるのは、ダイニングテーブル、そしてカウチと必要最低限の家電。大型の４Ｋテレビだけだった。これだけあれば生活できるという剣持部長らしさが窺えた。

鏡のように磨かれた乳白色のフローリングは、大理石で素足にひんやりとする。

夜景、綺麗だな……。

――それで、君さえよければの話なんだが……。

――またこうやって飲みに付き合ってくれないか？

宝石箱をひっくり返したような夜景をぼんやり眺めながら、剣持部長の言葉をふと思い出す。

ほんの少し照れたような彼の顔。あんな顔をしていたなんて、自分で気づいていただろうか。人を誘うようなセリフはどことなくぎこちなくて、なんとなく言い慣れていないように思えた。

剣持部長って……よくわかんないな。

そんなことを思いながら、私はほどよく睡魔に誘われて、いつの間にか眠りに落ちていった。

そして約束の水曜日。

「莉奈！」

時刻は十九時。今日もそつなく仕事を終え、エントランスを歩いていると笑顔で手を振る亜美に声をかけられた。外回りからちょうど帰ってきたところのようだった。

「今、帰り？」

「亜美、お疲れさま」

彼女は今日の午後ずっと外に出っぱなしで、今朝、顔を合わせたきりになっていた。

もちろん彼女も含めて会社の人は、私と剣持部長が結婚したなんて知らない。結婚宣言されたあの日以来、社内の人から話しかけられるたびに〝もしやバレてしまったのでは？〟と思ってしまう。

「聞いて！　この前言ってた飲料メーカーの契約取れそうなの。うちの広告は受けがいいからって」

「そうなんだ、よかったね」

亜美は先日も食品メーカーと契約を取ってきたばかりだ。彼女の頑張りに、私もその姿を見習いたいと何度も思わされる。

「莉奈、まだ外回りしたいって思ってる？」

「え？」

急に亜美が真剣な顔になって、そんなふうに問いかけてきた。本当の気持ちを見透かされたみたいで戸惑ったものの、私は包み隠さず彼女に正直に答えた。

「う、うん……まだ、思ってる」

「でも莉奈はもう帰れるんでしょ？　うらやましいよ、私はこれから書類作成しなきゃいけないし。また時間がある時に飲みに行こうね！」

うらやましい……か。

亜美に悪気がないのはわかっているけれど、内勤は楽でいいね、と言われているようで少し複雑だった。

本当のことを言えば、私だって外回りの営業でバリバリやっていた頃に戻りたい。だれど、どうしてもあの忌まわしい過去を思い出してしまう。

亜美は「じゃあ」と手を振ってエレベーターホールに歩いていった。

いけない、時間に遅れちゃう！

沈みかけた気持ちを切り替えて、私は約束の渋谷駅へ向かった。


渋谷駅ハチ公前は、待ち合わせ場所に最適なのかどうかわからないくらい、いつも人でごった返している。行き交う人をかいくぐり、ようやく待ち合わせ場所にたどり着くと、剣持部長はすでにいた。待ち合わせが多い仕事だから、遅れるかもしれないと言っておきながら、やはり時間には正確だ。

「剣持部長、お疲れさまです。お待たせしました」

「いや、別に待ってない。お疲れ」

今日の剣持部長は眼鏡をかけていた。眼鏡をかけると堅苦しく見られると言っていたけれど、私はそのインテリ風でスマートな雰囲気もなんとなく好きだった。

「腹減ってるか？　食事は？」

「ちょっとお腹すいちゃって、さっき会社でおにぎりを食べてきたんで大丈夫です」

今夜はドレスを買いに行くことが目的だったし、食事をする約束もしていなかった。会社から【店に行く前に食事にでも】とメールしようかとも思ったけれど、剣持部長は約束の時間まで仕事だったことを思い出して、結局誘うのをやめた。

「そうか、まだ腹が減っているなら先に何か食べるか？」

「私は大丈夫ですけど、剣持部長は？」

剣持部長は「俺はいい」と素っ気なく答えて、不意に私の手を取った。

「こっちだ」

「あ、あの、手……」

いきなり手を握られて戸惑う私に、剣持部長は不思議そうな顔を浮かべる。

「自分の妻の手を握るのはおかしいことじゃないだろう？」

それは、そうだけど……。

剣持部長の口から〝妻〟と言われると、こそばゆい。私は、自分がこの人と結婚したということに半信半疑だった。

出会いはどうであれ、剣持部長とお見合いをして、そして結婚した。そんなふうに考え方を変えて無理やり自分を納得させようとしているけれど、なかなか気持ちの整理がつかない。

握られる手に戸惑いながら私は仕方なしに彼に従った。

「こう人が多いんじゃ、背の低い君を見失ってしまうかもしれない」

剣持部長が冗談交じりに笑って、私の手をギュッと握る。

「背が低いは余計ですよ」

むくれながらも、どうしてもその温もりに困惑してしまう。そんな戸惑いをよそに、剣持部長の手の温かさがじわじわと侵食してきて、私はその手を振りほどくことなく渋谷の街を歩いた。

この妙な感じはなんなのだろう。

知らない人から見れば、きっと仲のいいカップルだ。でも、気持ちが繋がっているのか、とか、愛し合っているのか、とか、本当のことは私たち以外知らない。

とくにこれといって会話をすることもなく、駅から少し歩いていくと、パーティードレスのセレクトショップに着いた。

真っ白い壁に大きなガラス張りの外観。ショーウィンドウに飾られている純白のウェディングドレスをまとったマネキンが、道行く人の目を引いていた。

ウェディングドレス……綺麗！

あまりの美しさに店の前で立ち止まり、ぼーっとドレスに見惚れてしまう。

本当なら、近々このドレスを着るはずだったかもしれないのに。着る前にいきなり結婚してしまったと思うと、そのドレスが遠くに見えた。

「このドレスが着たいのか？」

「……へ？」

剣持部長から声をかけられて、ハッとなった。

「いえいえ！　違いますよ！　ただ綺麗だなって」

「残念だが、今回君の着るドレスはこれじゃない」

「言われなくてもわかってますって！」

剣持部長がムキになる私を見てクスリと笑った。本当はすごく着てみたい、という心の中を覗かれたようで、恥ずかしくなってくる。

もう、剣持部長といるとなんか調子狂う……。

先に店の中に入る彼の背中を睨んで、私も続いた。

その店はさほど大きくはなかったけれど、独自のコンセプトで選ばれたインポートのドレスが並んでいた。店内は明るく、色鮮やかなドレスがより輝いて見える。鏡やガラスには指紋ひとつなくて、所々に置かれた観葉植物に心が安らいだ。

わぁ、すごい！

渋谷の雑踏から足を踏み入れた途端、空気が変わった気がして自然と気分が高揚してしまう。

「いらっしゃいませ」

うっとりしている私に、女性店員がニコリと上品に笑いかけてきた。

「以前の会社でバイヤーとして仕事をしていた時に見つけた店なんだ。よく雑誌にも載ってるし、君も知っているだろう？」

当然のように言われて、実は全く知りませんなんて言える雰囲気じゃなくなってしまった。

押し黙る私を見て察したのか、「君は情報不足だな」と冷たく言うと、ひとりでパーティードレスの置いてあるセクションへずいずい歩いていってしまった。

前の会社ってアパレル？　バイヤーだったなんて……だからセンスがいいのかな。

彼は自分に合うスーツの色や形をよく知っている。毎日違うスーツをそつなく着こなしていて、どれも違和感がなかった。だからバイヤーだったと言われて腑に落ちた。

「ちょっと、剣持部長ひとりで先に行かないでくださいよ」

こんな高級そうなドレスが並んだ店に、ひとりでいる勇気はない。足早に歩み寄ったけれど、剣持部長はそんな私のことなどおかまいなしで、数々のドレスを前に考え込んでいる。

「君はどんな色が好きなんだ？」

「色、ですか……そうですね、ピンクとか。あ、これなんか可愛いですね」

淡いピンクでスカートのラインが綺麗なマキシロングのワンピースに目がとまり、手に取ってみる。

けれど、剣持部長はそんな私にグサリとダメ出しをする。

「君は自分の体型と顔を理解していないな。君の年齢は？」

「な、なんで年齢が関係あるんですか！」

堂々と失礼な質問をしてくる剣持部長の神経の図太さに、ここまでくると潔ささえ覚える。

「俺の質問が聞こえたか？」

「二十七ですけど」

ムッとしてそう言うと、剣持部長が親指と人差し指を顎に当ててうーん、と静かに唸る。今気がついたけれど、これは考え込んでいる時の彼のクセだろう。

「だったら、黒か紺かグレーとか、落ち着いた色がいいな、形はシンプルで」

「なんか地味じゃないですか？　私は――」

「あぁ、こういうのはどうだ？」

聞いてない！　私の話！

剣持部長は私の持っていたピンクのワンピースを戻し、代わりに紺色のロングドレスをあてがった。

「明るい色も悪くないが、君は童顔だから、かえって落ち着いた色のほうがしっくりくる」

「はぁ……」

剣持部長に言われると、そうなのかな、という気になる。

確かに学生の頃から明るめでフリフリした服が好きだった。だけど、年を重ねるごとに心のどこかで、この服まだ大丈夫かな、そろそろこういう服は卒業したほうがいいのかな……なんて思っていた。

服のアドバイスをしてくれる人なんて誰もいなかったから、剣持部長みたいに辛口でもはっきり言ってくれたほうが、本当に自分に合う服が見つかるかもしれない。

「これとこれを一度試着してみてくれないか？」

剣持部長が手にしているのは、明るめだけれど落ち着いたコバルトブルーのタイトなドレスと、先ほどの紺色のロングドレス。両方とも自分に似合うか不安になるくらい、大人っぽくて素敵だった。

「その両方、どちらも君に似合うと思う。好きなほうを選ぶといい。俺はロビーで待ってるから」

「え？　試着したところ見ないんですか？」

「別にいい」

出た！　剣持部長の『別に』が！

おそらくこれも彼の口グセ。

そして剣持部長が『別に』と言う時は、たいてい興味がない時だ。仕事をしていても、『別にいい』『別にかまわない』『別にたいしたことじゃない』はよく耳にする。

今も、ドレスを購入する目的以外のことに興味ないと言われているようで、少し切ない。

……私、何を期待してるんだろう。ただ謝恩会に必要なドレスを買うためにここに来てるわけで。

私がツンとしていると、女性の店員さんがドレスの試着のお手伝いに来てくれた。

剣持部長が選んでくれたドレスは二着。試着室で何度も着直しては脱いで、もう一度着てはどちらにしようか迷った。色はどちらも青系で似てはいるけれど。

長い間、鏡とにらめっこしながら考え込んでしまう。

「パーティーの時、お客様のお相手の方はどのようなお召し物のご予定ですか？　色とか……」

決めかねていると、店員さんからやんわり声をかけられた。

「同伴される方のお召し物の色によって、ご自分が着られるドレスも変わりますから」

なるほど。そう言われると、このコバルトブルーのタイトなドレスはなんだか身体のラインが少し強調されている。私には少し派手な感じがした。あくまでも剣持部長の同伴なのだから、下手に目立たないほうがいい。

「こっちの紺色のロングドレスにします」

「かしこまりました。あと、お連れ様から言い付かっていることがあるのですが……」


その数十分後。

鏡の前の私はまるで別人のようだった。

「お客様、とてもお綺麗ですよ」

そんなふうに言う店員さんの声も遠くに聞こえるほど、私は呆然と鏡の前で立ち尽くしていた。

先ほどの紺色のドレスをもう一度試着しているわけではない。私が今、着ているのは、あろうことか店に入る時に見入ってしまった、あの店頭のウェディングドレスだったのだ。

わ、私じゃないみたい……！

──お連れ様から言い付かっていることがあるのですが……。

先ほど店員さんがそう言って、なんだろうと思っていると、ニコニコ顔でこのウェディングドレスを手にして試着室へ持ってきたのだ。

それはほどよくレースがあしらわれていて、スレンダーラインのシルエットが綺麗に演出されている。控えめなボリュームのスカートで、狭い試着室でも窮屈な感じはしなかった。

予想外のウェディングドレスの試着で、剥き出しになった肩やデコルテが外気に触れて、なんとなく心もとない。

「ふぅん、馬子にも衣装だな」

「剣持部長⁉」

突然、すっと鏡に映った剣持部長の姿にハッとなる。店員さんも気を利かせてその場を離れていった。

剣持部長とふたりきり。ドキドキと胸が高鳴る。

「試着にずいぶん時間がかかっているから、様子を見に来た」

そう言いながら腕を組み、私をじっと見ている。

「あの、そんなに見られると恥ずかしいんですけど……それにどうしてウェディングドレスを？　私が着るドレスはこれじゃないって、さっき言ってましたよね？」

「そうは言ったが……君がウェディングドレスを着たらどうなるか、興味が湧いただけだ」

剣持部長はほんの少し顔を赤らめ、私と目が合うとパッと顔をそらした。

もしかして照れてる？　パーティードレスの試着は興味なくても、ウェディングドレスを着たところは見てみたかったってこと……？

確かにウェディングドレスは憧れだ。こんな機会がなければ、もしかしたら一生着ることができなかったかもしれない。

私の夢だった、青い海が見えて、幸せの鐘が鳴るチャペルで挙げる結婚式……。

「おい、満足したか？」

「へ？」

剣持部長の冷めたそのひと言で、果てしなく広がりつつあった妄想が打ち砕かれる。

そうだ、今日の目的はウェディングドレスじゃなかったんだった！

「すみません、初めて着たから少し浮かれてしまいました。すぐ着替えますね」

そう言って試着室のカーテンを閉めようとしたその時、いきなり剣持部長が試着室に入ってきた。

「わ！　剣持部長？　ちょ――」

「シッ！　少しの間だけ黙っててくれ、見つかるとマズい相手がいる」

驚いて大きな声を出す私の口を手で塞いで、勢いよくカーテンを閉める。何が起きたのかさっぱりわからないまま、剣持部長と密着する体勢に、ドキドキと心臓が波打った。

初めて会った時と同じ、爽やかなフレグランス、微かに伝わってくる彼の熱にくらくらしそうになる。

すっきりとしたドレスだから狭い試着室でも余裕はあったけれど、ふたりも入ればそれなりに窮屈だ。剣持部長は自分が試着室に入ったことで、バランスを崩さないように、ずっと私の腰に手を回して支えてくれていた。

　カーテンの隙間から、四十代くらいの男性が楽しそうに談笑しながら、店員さんと服を物色している姿がちらりと見えた。

「彼はこの店の店長だ。会うと話が長いし厄介なんだ」

「剣持部長に連れがいるって知ったら、気を使うんじゃないですか？　大丈夫ですよ」

　小声でひそひそ話しながら、その男性が過ぎ去るのを待つ。

「君は知らないかもしれないが、あの男は業界でも女グセが悪くて有名なんだよ、だから……」

　きょとんとする私に、なぜかイラついたように剣持部長が小さく唇を噛む。

「ったく、あいつ、こんな時に店に出てこなくても……」

　剣持部長はひとりでぶつぶつ何か言っているけれど、私のほうはあまりにも彼が近くて身体中の血液が今にも沸騰しそうになっていた。そして、しばらく息を潜めていると、その男性は店員さんと一緒にいなくなった。

「すまないな、こんなこそこそするような真似をさせて……って、君はなぜそんな顔を赤くしてるんだ？」

「なぜって……」

　剣持部長のせいです！　全部！　そんないい匂いさせて！

声を大にして言いたい。けれど、私が何も言えずにプルプルしていると、剣持部長がさらに顔を寄せて、私の額に手を当てた。

「もしかして、熱があるとか？」

「バカ！　もう着替えますから出ていってください！」

もう我慢ならない。私は両手を伸ばして剣持部長を試着室から押し出すと、今度こそ勢いよくカーテンを閉めた。

「まったく、乱暴な女だな」

そんな彼のぼやきがカーテン越しから聞こえる。ひとりになった私は、まだドキドキと高鳴っている鼓動をなだめた。

剣持部長のバカ……赤くなってなんかないし！　熱があるかだって？　そんなわけないじゃない！

それを確かめるために私は鏡に向き直ってみる。けれど、私の顔はまるでゆでダコのように真っ赤に染まっていた。

そんなこと……あるかも。

剣持部長に支えられていた腰回りが熱を覚えて、妙な感覚が残っている。

剣持部長ってクールに見えて、案外天然だったりするのかな……。とにかく着替えなきゃ。それにしても脱ぐのもったいないな。

そうかといってずっとこのままの格好でいられるわけない。記念に鏡に映る自分のドレス姿をスマホのカメラに収めて、名残惜しい気持ちで自分の服に着替えた。

何度も着替えを繰り返したせいか、試着室を出ると疲れがどっと身体にのしかかって、無意識にはぁと息を吐いていた。

「お待たせしました」

店のロビーに行くと、剣持部長は手に店の大きな紙袋を携えていた。

「君が紺色のドレスのほうを選ぶとは意外だった。ほら、これ」

ずいっと手渡された袋には、すでにお会計を済ませたドレスが入っていた。

「さっきはいきなりすまなかったな」

「い、いえ。大丈夫です」

剣持部長は先ほどの試着室でのハプニングを気にした様子も見せず、涼しげな目元でさらりと言う。それなのに、私はあの密着したシーンを思い出して、再び蘇りそうになる熱を押さえ込んだ。

「あの、これ本当にいいんですか？ 高かったんじゃ……」

「別に、このくらいたいしたことない。妻にみすぼらしい格好されても困るのは俺だ」

うぅ、確かにそうだけれど、そんな言い方しなくたっていいじゃない。

少しムッとするけれど、ドレスを買ってもらったことは素直に嬉しかった――。

「ドレス、ありがとうございました。それで当日、私は具体的に何をすればいいんですか？」

店を後にしながらそう尋ねると、剣持部長はとくに表情を変えることもなく言った。

「別に何も。俺の隣でニコニコしていればいい」

「わかりました。あの、今度の謝恩会って実家の会社を含めて招待されたってことは……剣持部長のお父様もいらっしゃるってことですよね？」

メガ企業のトップに立つその人こそが剣持部長の父であり、自分の義父……。そう思うとどんな顔をして会えばいいのかと考えてしまう。

「あぁ、親父は出席する予定だったが……急遽、予定が入って来られなくなった」

「え？」

結婚していなかったとしても、剣持部長の部下として挨拶くらいはしなくては、と思っていたが、お父様が来ないと聞いてなぜかホッとしてしまった。

「結婚したから挨拶とか思ったのか？　別にそんなことしなくていい。俺の結婚に親は関係ない」

「はい」

彼のつんけんした口調から冷たいものを感じ、私はそれ以上お父様のことを尋ねることができなかった。

剣持部長ってもしかして、お父様と仲が悪いのかな？

剣持部長の妻だからといって、とくに身構える必要もなさそうだ。美味しいものをいっぱい食べて、何か聞かれたらこの間みたいに、知らぬ存ぜぬを通せばいいんだ。と、私はそんなふうに気楽に考えた。

時刻は二十二時を少し回ったところ。これといって会話も弾まないまま、渋谷駅に着く。

「あの、時間も時間ですし、どこか店に入りますか？」

腕時計から剣持部長に視線を移すと、彼は少し申し訳なさそうな顔をして言った。

「これからいったん会社に戻って仕事があるんだ。すまない」

「え？　これからですか？」

剣持部長は忙しい人だ。会社に戻ると言われて改めてそう思わされる。自分からドレスを買ってほしい、と頼んだわけではないけれど、わざわざこのために時間を割いてくれたのだ。

「あぁ。明日までに作らないといけない書類がいくつかあるんだ」

「書類？　それなら、私にもお手伝いできますか？」

「え？」

私の申し出に、剣持部長が意外だという表情で私を見た。

「資料があれば大丈夫です。それにふたりでやったほうが早く終わるかもしれないし。ドレスのお礼です」

心のどこかで、お礼というのは口実なような気もした。でも、剣持部長の顔に時折見え隠れする疲労の色に、私はそう口走っていた。

どうせまた『別にいい』って言われるんだろうけど……。

「それなら助かる」

ホッとした顔で、意外な答えが返ってきた。

多分、剣持部長は就任してからあまり寝ていない。さっき試着室で接近した時に気がついた目の下のクマが、そう物語っていた。

彼はかなり期待されている人で、早々に山のように仕事を抱えているに違いない。だったら、とっとと仕事を片付けて早く休んでほしい。

「じゃあ、会社に行きましょうか、再出勤です！」

会社に戻ると思うと気が重い。けれど、敢(あ)えてそこを明るく元気に言うと、剣持部長はほんの少し口元に笑みを浮かべた。

芽生える嫉妬

営業部に戻ると、まだ社員が数人残っていた。けれど、昼間の慌ただしいオフィスの雰囲気とは違い、閑散としている。窓のブラインドも下げられ、静かな空気が流れていた。

「さっそくだがこれとこれと、この契約内容のデータを今から渡すファイルに入力してまとめてくれ、終わったら書面に起こして、いったん俺に見せてくれないか？」

「お安い御用で――」

うわ！　何この膨大な量‼

デスクに着くなり剣持部長から渡された資料の多さに、思わず言葉が止まる。

「なんだ？」

「い、いいえ！　頑張ります！　私、こういうの得意なんですよ！」

あはは、と乾いた笑いに、剣持部長は怪訝な顔をして自分のデスクに戻っていった。

もしかして、これ全部ひとりでやろうとしてたのかな？　日付が変わっても……いや、朝になっても終わらない量だよね？　よーし！　一気に終わらせちゃおう。

髪の毛を後ろにキュッと結んで気合を入れると、パソコンの電源を入れた。

しばらくして、剣持部長の持ってきた資料で気づいたことがあった。私が外回りの営業でお世話になった会社がいくつかある。だから資料作りもスムーズで、見覚えのある会社の名前を目にするたびに大変だったことや、契約が取れて嬉しかったことを思い出してしまう。

いけない、いけない、今は余計なことを考えない！

そう自分に言い聞かせて、私はキーボードに指を滑らせた——。

渡された資料を元にデータを入力し、書面がようやく出来上がった。先ほどまで残っていた社員たちも帰宅して、気がつけばオフィスに剣持部長とふたりきり。

時計を見ると、もうすぐ日付が変わるところだった。

頑張りますとは言ったものの、思ったよりちょっと時間かかっちゃったかな……。

剣持部長の仕事だから絶対にミスするわけにもいかないし、完璧なものを作りたかった。ちらりと剣持部長に目を向けると、彼は眼鏡をかけて先ほどとほとんど変わらない姿勢でパソコンを操作している。

仕事をしている彼はカッコいい。この人が私の旦那様なんだと改めて思うと、急に胸がドキドキし始めた。

するとと、ふと視線を上げた剣持部長と目が合ってしまった。

「終わったのか?」

「あ、はい！　今、そちらに持っていきますね」

ドキドキしてる場合じゃなかった……。

私は慌てて、印刷された書類を剣持部長のところへ持っていった。

「あぁ、ありがとう。早かったな」

「私の知っている会社ばかりだったので、作りやすかっただけです」

書類を受け取ると、剣持部長は真剣な表情でひとつひとつ丁寧に確認していく。

「あれ？　松川さん、こんな時間にオフィスにいるなんて珍しいね」

剣持部長とふたりだけだと思っていたオフィスに、意外な人物が入ってきた。

影山君だ。

彼は剣持部長のデスク近くにある自分の席に着くなり、はぁと大きく息をついてネクタイを緩めた。なんだか影山君もお疲れのようだ。

「今戻りか?」

剣持部長から声をかけられて、影山君はだるそうに「そうですけど?」と、ひと言だけ目も合わせず答えた。上司に対する態度にしては、なんとなく横柄だ。

前々から思っていたけれど、おそらく影山君は剣持部長を気に入っていない。影山君は、剣持部長が営業部に来るまでは営業成績トップでちやほやされていたのに、それをあっという間に剣持部長に持っていかれてしまった。それが面白くないのだろう。

彼はものすごく競争心の強い人で、私が外回りをしていた時も、たまにチクリとするようなことを言ってきた。決して悪い人じゃないのだけれど……。

「これなら問題ない。このまま修正なしで使わせてもらうよ」

剣持部長が書類を確認し終わると、おもむろに影山君がこちらに視線を向けた。

「松川さん、部長の手伝い？　剣持部長、彼女の作成する書類っていつも完璧ですよね？　俺も何回か手伝ってもらったことあるんですよ」

「確かに、よくできている。しかも短時間でな」

よかった！　時間がかかったと思って心配してたけど、私が作った書類大丈夫だったみたい。

剣持部長のことだから、事細かく『やり直し！』なんて言われるんじゃないかと不安だったけれど、彼は書類を机の上でトントンと揃えてまとめ、ファイルに収めている。その様子に私がホッと胸を撫で下ろしていると、影山君が席を立って剣持部長のデスクに真面目な顔で近づいていった。

「あの、剣持部長、折り入って頼みがあるんですが……」

「なんだ？」

よからぬ頼みと思ったのか、剣持部長が少し眉を寄せて彼をじっと見返した。

「実は松川さんを俺の営業補佐にしてほしいなー、なんて思っているんですけど……ダメですか？」

え⁉　私が影山君の営業担当に？　な、なんで？

影山君も仕事を多く抱えるひとりだ。けれど、彼をサポートしてくれている担当の女性社員がいるはずだ。

突然の影山君の申し出に剣持部長が眼鏡を外して、すっと目を険しく細めた。

「君の担当はもういるだろう？　ふたりも必要ない。それに、彼女には俺の担当になってもらう予定だ。帰国してちょうど補佐を探していたところだったからな」

「えっ⁉」

それを聞いて、今度こそ私は声に出して驚いてしまった。

いつの間にそんな話になっていたのだろう。私は剣持部長の言葉に思わず固まる。

確かに、剣持部長の仕事量は身体がいくつあっても足りないくらいだ。私の仕事ぶりを見てくれて補佐に任命するというのであれば、私も少しは認められたんだと素直に嬉しく思うけれど……。

「完璧な仕事をこなすには、優秀な補佐が必要だ。それは君が一番よくわかっているだろう？」

「ええ。だから、俺には松川さんが必要なんです」

影山君も負けじと食い下がり、ふたりの間に不穏な空気が流れる。どうしていいか戸惑っていると、剣持部長が小さくため息をついて口を開いた。

「すでに担当がいるのに、彼女になんて言うつもりだ？　松川のほうが仕事がデキるから交代してくれって言って？　それで彼女が納得するのか？」

「そんなの、なんとでも理由はつけられるでしょう？」

平然と言う影山君に剣持部長の口調が鋭くなる。

「君は部下に嘘をつくのか？　それに、言い繕ったところで、本当のことはわかってしまうものだ。社員の士気を下げる行動は認めない」

そう言われて、影山君がぐっと言葉に詰まる。そしてひと言「わかりました」と、顔を曇らせ自分のデスクに引き下がった。

剣持部長は堅物で、人をあまり寄せつけない雰囲気を持っている。その反面、ちゃんと部下の仕事のフォローはするし、誰も見ていないようなことでも必ず気がつく。

今の影山君の申し出も、彼の担当の女性社員の気持ちを考えてのことだと思う。そんな剣持部長のひそかな優しさを、一体どれだけの人が知っているだろう。

そうだよね、頑張って仕事してるのに、いきなり担当外されたらショックだもん。何を考えているかわからない人だけど、ちょっと見直したかも……。

そんなふうに思っていると、剣持部長のスマホが鳴る。〝ちょっと失礼〟の仕草をして彼はオフィスから出ていった。

「ねぇ、松川さんってさ……剣持部長とどういう関係？」

「え？」

影山君とふたりきりでなんとなく気まずいと思っているところへ、彼が少し不機嫌そうに尋ねてきた。

「どうって、上司と部下の関係だよ」

こんなところでまさか『夫婦になっちゃったの』なんて言えるわけもなく、しれっとそう言ったけれど、影山君は興味なさげに「ふぅん」と鼻を鳴らした。

「ねぇ、さっきのことだけど、いきなり私を担当にするだなんて……加藤さんが知ったら――」

加藤さんというのは、現在の影山君の営業補佐だ。私よりひとつ後輩だけれど、仕事だってそつがない。一体、何が不満なのかと思っていると、影山君が大きくため息をついて肩を下げた。

「加藤さん、仕事は確かによくやってくれるし助かってるけど……どうやら俺のことが好きみたいでさ、ちょっとやりにくいんだ」

は⁉　何それ、それで担当を替えてくれって言ったの？

影山君は誰が見てもカッコいいし、要領もいいし、好きになっちゃうのはわからなくもない。けれど、それは仕事とは別の話だ。

「先輩なら、公私混同しないことってちゃんと言いなよ」

「それ、松川さんが言う？　松川さんこそ、剣持部長のこと好きなんじゃないの？」

影山君の鋭い突っ込みに思わず動揺しそうになる。

「ちょ、なんでそうなるのよ？　まだ帰国して間もないのに、剣持部長のことなんて全然知らないし！　あんな無愛想な人――」

ムキになった私がバカだった。ハッと気がついた時にはすでに遅く、影山君はカマかけに引っかかったと言わんばかりにニヤッと笑った。

「言っておくけど、剣持部長の仕事、大変だよ？　外回りにも一緒に連れていく気だと思うけど……松川さんは外回りには向いてないよ、だってさ――」

「いいよ、言われなくたってわかってるから」

影山君は私の過去を全部知っている。元々外回りの営業だった私が、なぜ今は内勤をしているのか、それは一年前の出来事がきっかけだった。

入社一年目、私の営業成績は毎月トップで、優秀な人材と期待されていた。

河辺部長も現役で、私の上司として役職に就いていた時、彼が懇意にしている大手のブライダル専門アクセサリーメーカー〝メフィーア〟のCM契約の交渉に私が抜擢(ばってき)された。といっても、ほぼうちの会社で決定していると聞いていたから、私も安心しきっていた。

先方の責任者は前野(まえの)さんという女性で、人当たりもよく、このままうまくいくと誰もが信じて疑っていなかった。

けれど最終段階の打ち合わせに出向くと、突然『話を白紙にしてほしい』と言ってきたのだ。わけがわからず、私の頭の中も真っ白になった。

それも『今後、いっさいアルテナ広告社には任せられない』といった一方的なもので、私も河辺部長になんて説明したらいいのかわからなかった。

何か失礼があったのではないかと、ひたすら頭を下げて謝ったのを今でも覚えている。それに契約どころか、取引先として大切なクライアントを失ってしまったという部署内全員の失望した顔も……。

何か気に障るようなことを前野さんに言った覚えはない。けれど、自分の気がつかないところで何かしてしまったのではないかと、ずっと自分を責め続けた。

そんな私に追い打ちをかけるように、河辺部長が私に言ったのだ。

――君は優秀な社員だと思っていたんだけどね、松川君。

――残念だが、今度から外回りはしなくてよろしい。

――君にはがっかりさせられたよ。

あのことを思い出すたびに、絶望感も蘇る。

それに、今ではもうなくなったけれど、大きな契約をダメにしてしまった私への風当たりは、相当なものだった。

――松川さんって、河辺部長のお得意様ダメにしちゃったんだって。

――デカい会社だったから、うちにとっても痛手だよなぁ。

――調子に乗っちゃったんじゃない？　みんながおだてるからだよ。

「松川さん？」

「あ……」

つい過去のことを思い出してしまい、意識が飛んでしまっていた。ぼーっと一点を見つめる私の前でヒラヒラと手を振る影山君に、我に返る。

「ごめん、もしかして嫌なこと思い出させた？　でも、俺の担当にしたかったのは本気だよ。営業経験もあるから実践力ありそうだし」

影山君にそんなふうに言われたって、ちっとも嬉しくなかった。剣持部長はまだ電話中みたいだし、私はドレスの入った大きな袋をバッグと一緒につかんだ。

「もう遅いし、帰るね。お疲れさま」

「あ、うん、気をつけてね」

まだ何か言いたげな影山君を背に、私はそそくさとオフィスを後にした。


「あー、疲れた！」

マンションに帰るとすでに午前一時。

すぐにシャワーを浴びる気力もなく、スタンドライトだけつけると私はカウチに身を投げ出して座った。

今日は一日長かった。仕事して剣持部長とドレスを買いに行って、また会社で仕事をして……。

今日の出来事を振り返っているところにスマホが鳴った。こんな時間に誰だろうと思って取り出すと、剣持部長からだった。そういえば、影山君と話しているうちにいたたまれなくなってしまい、電話中だった剣持部長に挨拶もせず帰ってきてしまった。失礼な行動に気まずさを覚えながら電話に出る。

「もしもし？」

『すまない、電話が長引いてしまって、仕事を手伝ってくれたお礼を言いそびれた。もう先に帰宅したんだな？』

彼の言葉は意外だった。それに、律儀にお礼を言うために電話をくれるなんて。

「剣持部長も遅くまでお疲れさまでした。あの、すみません、黙って先に帰ってしまって……」

『いいんだ、それより……』

電話の向こうから車のクラクションや行き交う人の声がする。今、彼はどこにいるのだろう。会社を出たところだろうか、とあれこれ考えていると。

『さっきの話だけど、あんなところで言うつもりじゃなかったんだ。君を俺の営業補佐にするってこと……だから戸惑った顔をしていたんだろう？』

「ええ、びっくりしましたよ、何も聞いていませんでしたから」

『もう少しあとで正式に伝えようと思っていた。けど……影山があんなこと言いだすから、つい』

「え？」

外にいるせいか、剣持部長の声がよく聞こえない。けれど、確かに今そんなふうに言ったように思えた。

「もしかして、補佐にするのって、また剣持部長の気まぐれですか？」

少し笑いながら冗談めいて言うけれど、剣持部長の声音は真面目だった。

『そうじゃない。君の過去の仕事ぶりをいろいろ調べさせてもらった。今までの実績をね。そのうえでの俺の判断だ』

私の過去の仕事を？　調べた？　じ、じゃあ、もしかして……私が大失敗したあのことも――。

会社に入ってから唯一の黒歴史。それを知られてしまったと思うと気まずい。

『君は危なっかしいところもあるが……俺の目に狂いはないはずだ。今日作ってもらった書類を見て確信した。君には他社の性質を見抜く観察眼がある。外回りの営業には必要なスキルだ』

「でも……私」

『君が俺の妻だからといって贔屓目で見ているわけじゃない。あくまでも、仕事上の話だ』

そう言われると言葉に詰まってしまう。本当にしたかった仕事ができるチャンスを目の当たりにしながら、二の足を踏んでいる。

もう二度と部署の人に迷惑をかけたくない。怖い。だけど……。

『実は、酔いつぶれて君が初めて俺のマンションに来た日があっただろう？　あの時、覚えていないかもしれないが……君はうなされていた』

「え……？」

『河辺部長に何度も謝っている夢を見てただろう？　それが気になってね』

は、恥ずかしい!!　そんなこと寝言で言ってたなんて……。しかも剣持部長に聞かれていたとは！

「私、おっちょこちょいだし、何度もミスして河辺部長に怒られてたんですよ。嫌だな……そんな変な寝言、本気にしないでくださいよ」

あはは、と笑い飛ばして冗談で済まそうとしたけれど、剣持部長の声は笑っていなかった。

『君はもっと自分に自信を持つべきだ。俺がその潜在能力を引き出してやる』

「剣持部長……」

あんなかたちでの結婚だったけれど、夫として私を気にしてくれてたの？　そんなふうに言われたら……そう、思っちゃいますよ？

ドキドキと高鳴りそうになる胸を押さえつけ、一度深呼吸する。

「ありがとうございます。気にかけていただいて……」

『別に、君の仕事ぶりに興味があったからだ。来週あたりから俺の営業に同行してもらうから、そのつもりで今の仕事も片をつけておいてくれ』

「え？　ちょ、来週ですか？」

『夫婦で営業回りだ』

冗談めいた声で剣持部長が電話口の向こうで笑っている。

もう、いきなりすぎる！　笑い事じゃないよ……でも、こういうところはやはり剣持部長らしいな。

言葉に迷っていると、彼が声を少し潜めるように低く言った。

『あと、影山には気をつけてくれ。あいつは……ちょっと厄介だ』

「厄介って？」

『俺の考えすぎかもしれないから、今は何も言えない。じゃあ、これから電車に乗るからもう切るぞ』

口調が駆け足になり、私が声を出す前に電話は切れてしまった。帰りの電車に間に合ったんだと少しホッとする。

影山君が厄介ってどういうことだろ？　確かにちょっと性格にクセがあるとは思うけど……。

気になるようなことを言って電話を切るなんて後味が悪い。通話の切れたスマホの画面を眺めていると、そこへ一通のメールが入った。受信箱を開いてみると。

【言い忘れてたが、ウェディングドレス、結構似合っていた。あと、袋の中身を確認してほしい】

「なっ⁉」

思わず声を出してしまった。

ドレス、似合ってたって……。

じわじわとこみ上げてくる照れと恥ずかしさが熱を持って、顔を真っ赤にする。

私のウェディングドレス姿を見ても『綺麗だ』とか『可愛い』とか、あの時は全然そんなこと言ってくれなかったのに……でも、ちゃんと似合ってるって思ってくれたんだ。

恥ずかしさが徐々に嬉しい気持ちに変わって、自然に顔が緩んでしまう。

そうだ！　早くハンガーにかけておかないと、せっかく買ってもらったドレスがしわになっちゃう。

とにかく私は袋の中身を確認してみることにした。

丁寧に包装された紺色のドレスを、壊れ物を扱うようにそっと袋から取り出して広げてみる。

うん、やっぱり素敵！　これにしてよかった。

ライトの照明に反射してキラキラと紺色の布地が輝いている。前後の裾がアシンメトリーになっているエレガントなワンピースで、さりげなく腰に小さなリボンがついているのが可愛い。こういったタイプのドレスは一着も持っていなかったけれど、大人の遊び心たっぷりといった感じだ。

ん……？

ふと、袋の底にぽつんと小さな箱が入っているのに気づく。買ってもらったものはドレス以外なかったはずだけれど、それを手に取り、開けてみると……。

「これは……」

箱を開けた途端、きらりと輝く小さなダイヤの指輪が顔を出す。

シルバー素材の華奢なデザインが上品さを醸し出していて、ほかには何もいらないくらいに一粒のダイヤが箱の中で煌めきを溢れさせていた。

信じられなくてつい箱をパタンと閉じ、何かの間違いじゃないかともう一度箱を開けてみる。そこにあるのは間違いなく〝指輪〟だった。

私は慌てて剣持部長に電話をしようとしたけれど、いくらかけても結局連絡は取れなかった。

これって、結婚指輪ってことでいいんだよね？

昔、プロポーズされて指輪を差し出されるシーンに憧れて、何度も想像した。この指輪を見ていると、結婚したのだという実感がひしひしと湧いてくる。

なし崩しに剣持部長の妻になってしまった感は否めない。どうにかして結婚をなかったことにしたいと思っていたのに、なぜか〝嬉しい〟と気持ちが矛盾してしまう。

ねぇ、剣持部長にとってこの結婚は……やっぱりカモフラージュなんですか？

その指輪のダイヤのような夜景を眺めながら、私は彼にそんな思いを馳せた。


そして翌週の土曜日。パーティー当日。

少しずつ日が暮れ始め、これから向かうパーティーのことをあれこれ考えてしまう。部屋の中をひとりで行ったり来たりして、どうしても落ち着かない。

剣持部長は一週間前から地方出張で、会社でも顔を合わせることができなかった。忙しいかも、と思って気を使っているうちに連絡しそびれてしまい、結局、剣持部長からメールが届いたのは昨日の夜だった。

メールによるとパーティーは、謝恩会という名の交流会のようなもので、十八時から。会場は新宿にある有名ホテル。主催は私も聞いたことがある大手アパレルメーカーで、立食形式ということだ。

すでにドレスに着替え、鏡の前でお気に入りのルビーのネックレスを身に着ける。

あ！　そういえば、あの会社のストールを持ってたかも……思い出してよかった。主催者がアパレルメーカーであれば、そのブランドのアイテムをさりげなく身に着けることで印象も変わってくる。

メールをもらってすぐに用意すればよかったのに、いつも直前になってバタバタしてしまうのは私の悪いクセだ。

えーっと、確かここに……あった！　これこれ。

クローゼットの引き出しに丁寧に畳まれたストールを見つけて手に取る。

以前、たまたま買った物だったけれど、普段使いにしては少しドレッシーすぎて、しまいっぱなしだった。けれど、あまり使っていなかっただけに新品同様で、いざという時に綺麗でちょうどよかった。白地に細かなラメが入っていて、肌触りもいい。

そっと羽織ると、ドレスの色合いとうまく調和した。左の薬指にふと視線を移すと、そこには剣持部長からの結婚指輪が静かに煌めいている。

指輪のサイズ、教えたことなかったのになんでわかったんだろ。あんなかたちの結婚だったし、まさか指輪まで用意してるなんて思わなかったな……。

傷ひとつない指輪を撫でながらそんなことを考える。

あ、そうだ靴も出さなきゃ！　も〜時間ないのにぼんやりしてる暇なんてないよね。普段履き慣れないパンプスだけど大丈夫かな……。

昨日、ドレスに合う靴がないことに気づいて、慌てて店に買いに行ったのはいいけれど、長時間真新しい靴を履いていなければならない不安はあった。それに高揚感と緊張感で何かしでかさないかも心配だった。

けれど、華やかな場所へ行くと思うと胸が躍り、些細な心配事を頭の隅へ追いやる。

とにかく、飲みすぎないようにして、ニコニコ笑って、お上品に剣持部長の妻らしく振舞っていればいい。

彼のことだ、恥をかかせたらあとで何を言われるかわからない。

剣持部長とはホテルのロビーで待ち合わせている。忘れ物がないかチェックすると、私は早々に家を出た。


ホテルのある場所は、新宿の界隈でも超高層ビルが多数集積しているビジネスエリアだ。〝コンクリートジャングル〟のようなイメージだけれど、少し進めば公園だってある。それに摩天楼の夜景はいつ見ても飽きないから不思議だ。

会場となるホテルはそんな高層ビルの立ち並ぶ中にどんと立っていた。

初めて訪れるそこは、友達の結婚式か何かでないとまず来なそうな高級感がある。

エントランスに入ると、ドアマンに恭しく会釈をされてドキリとした。電車でここへ来る途中で剣持部長から、会場のある三階ロビーで待っているとメールがあった。

エレベーターで三階まで行き、クロークで手荷物を預けたところで剣持部長らしき姿を見つけた。眼鏡をかけていない彼はナチュラルで、一見、人違いかと思ったけれど、声とあの背の高さからして剣持部長に間違いない。彼は流暢な英語で金髪の背の高いスーツを着た外国人男性と会話をしていて、思わずかける声を呑み込んだ。

何話してるんだろ、全然わからないよ……。

もっとゆっくり話してくれたら、単語くらいは拾えたかもしれない。けれど、剣持部長はネイティブ並の話し方で、相手も楽しげに笑っている。

「おい」

話しかけるのはあとにしようかな、と思っていると、私に気づいた剣持部長が会話を終わらせて歩み寄ってきた。

彼はピンストライプの入った紺色のシングルダークスーツをパリッと着こなしていて、髪の毛も少し後ろに流し、仕事の時とはまた違った印象を受けた。さりげないポケットチーフに、相変わらずピカピカの靴、どこから見ても完璧な紳士の装いだった。

「あぁ、やっぱり俺の見立ては間違ってなかったな、想像通りだ」

剣持部長に思わず見惚れていると、彼はつま先から頭のてっぺんまでチェックするように、ドレスを身にまとった私に視線を流してそう言った。

「わざわざ想像しなくても、このドレスを試着した時に見ればよかったんじゃ……」

「先に見てしまっては楽しみがなくなるだろう」

た、楽しみって……私がこのドレスを着るのを楽しみにしてたってこと？　そんなふうに思ってたなんて、なんか意外。

このパーティーのために髪の毛もきちんとアップにして、綺麗にしてきたつもりだ。

だから剣持部長にそう言われると、ダメ出しされなくてよかった！　気を使った甲斐があった！と胸を撫で下ろす。

「あの、指輪……一応してきたんですけど」

左の薬指にはめられた指輪を見せると、剣持部長は「あぁ、やっぱりぴったりだったな」と、淡白に言った。

「これって、結婚指輪なんですよね？」

「それ以外に何に見えるんだ？」

質問の意味がわかりかねるといった様子で、剣持部長は顔を曇らせて私を見た。

「指のサイズ、なんで知ってたんですか？　教えた覚えはないんですけど……」

「ドレスを買いに行った時、君の手を握っただろ？　その時の感触でなんとなくな。俺の勘だ。それよりも受付を一緒に済ませる。いいか、会場に入ったら俺から離れるなよ？　そして妻らしく振舞ってくれ」

「わかりました」

私は彼の妻で、彼は私の夫。頭の中でそう確認すると、私はこくりと頷いた。

「それと、この間みたいに、失礼なことを言ってくるヤツがいるかもしれないが……」

剣持部長が剣呑に視線を落とす。この間みたいに、と言われて、ふとあの小悪魔真理絵さんのことを思い出した。

「大丈夫です。今度はちゃんと身構えてますから。剣持部長が既婚者だってわかったら、お見合い話なんて持ってくる人はいないでしょうね」

剣持部長が私と結婚した一番の理由は〝煩わしいお見合い話を回避するため〟だった。思い返すと複雑な心境になるけれど、愛のない結婚に求めるものなんて私にはわからない。

そんなことを思いつつ、私は彼とともに会場内へ入っていった。

わ！　すごい人！

会場内はすでに百人くらいの来客で賑わっていた。どの紳士淑女も綺麗に見栄えよく着飾っていて、剣持部長と初めて会ったあのラウンジの雰囲気を彷彿とさせる。

入口付近にバーカウンターが設置されていて、剣持部長が私の分も取ってくれた。

「ありがとうございます」

「飲みすぎるなよ？」

前回のこともあるし、剣持部長が念を押すように私を軽く睨んだ。

「わかってますって」

そう言って私はウェルカムドリンクを受け取った。

前方にはステージが用意されていて、おそらく主催者があとから挨拶するのだろう。そして、和洋中と取り揃えた美味しそうな料理が置かれたテーブルがいくつかある。見ると、何も置かれていない真っ白なテーブルクロスのかけられたテーブルもぽつぽつと設置されていた。

壁側には立ち疲れたゲストのために座って休めるよう椅子も用意されていて、主催者側の気配りの感じられる会場に、温かい気持ちになる。

「食べ物はあとだ。まずは主催者に挨拶に行く」

「はい」

ぎゅるると鳴るお腹を押さえ、ここはぐっと我慢だ。つい料理に目がいってしまったことを剣持部長に悟られて恥ずかしい。

このパーティーの主催者は五十代くらいの背の高い男性で、タキシードがよく似合う人だった。愛想よくゲストと会話を交わしていると、私たちに気がついてニコリと笑いながら歩み寄ってきた。

「あぁ、剣持さん。ようこそ」

「田村(たむら)さん、お元気そうで。本日はご招待いただきありがとうございます」

軽く剣持さんと握手をすると、田村さんはすぐに私に視線を向けた。

「こちらの方は？」

「彼女は私の妻で、恐縮ですが同席させてもらいました」

笑顔を作るのは意外と難しい。先輩からよく『営業たるもの、笑顔なしでは仕事はできぬ』と教訓のように言われ、鏡の前で何度も練習したことがある。まさか、こんな時に役に立つなんて思わなかった。

「松……剣持莉奈です。お招きいただきありがとうございます」

つい旧姓を名乗ってしまいそうになって、慌てて訂正する。

そうだ、松川じゃなくて剣持だった。危ない、危ない。

慣れない苗字に違和感を覚えながら、剣持部長の紹介に合わせて、私は背筋を伸ばしてニコリと軽くお辞儀をした。

「初めまして。なんだ、剣持君いつの間に結婚したの？　こんな可愛らしい奥さんがいたなんて知らなかったよ。あ、そのストールはうちのブランドの春の新作だね？嬉しいよ、気を使ってくれてありがとう」

田村さんは私のストールにすぐに目をとめて、上機嫌に笑った。

よかった！　好印象だったみたい。

「すまないな、いろいろと挨拶回りをしなくてはならなくてね、剣持君もそうだろう？　いろんな人に捕まって食事にありつけなくなる前に食べておくといい」

「はい。お言葉に甘えてそうさせていただきます」

剣持部長が会釈すると、田村さんは忙しなくその場を後にした。

奥さん……か。改めてそう言われると、こそばゆいな。

「君がそんなストールを持っているとは……ふぅん、なかなか気が利くじゃないか。奥さん」

意外だったというように剣持部長がニッと笑って口の端を上げる。

「剣持部長に恥をかかせないように私なりにいろいろ考えたんですよ。その……妻として」

「そうか……」

なんとなく声のトーンが低く感じられて、よく見ると彼は少しだけ浮かない表情を浮かべていた。

「剣持部長？」

「え？　あぁ、なんでもない。君の前だと、気が緩んでしまってダメだな」

そう言って剣持部長は力なく笑った。

私が声をかけるまで彼は、ぼーっと一点を見つめていた。いつも隙なく鋭い眼光を光らせているというのに珍しい。

疲れてるのかな？　ちゃんと休めてるのかな？　こう人が多いんじゃ気疲れしちゃうよね……。

彼の横顔を窺いながらそんなことを思う。きっと根は真面目なんだろう。どんなに疲れていても、剣持部長はそんな顔を見せず相手に対して丁寧に会話する。仕事の時だってそうだ。鬼のように忙しくても、いつだって毅然としている。

そんな彼が私の前では気を許しているというのであれば、自分に何かできないかと無意識に考えてしまう。

「剣持部長、とりあえず何か食べませんか？　あ、パスタだけじゃなくてピラフとかもありますよ」

挨拶をするにしても、どの人も歓談に夢中で、話しかけるタイミングが見つからない。今のうちに、と私が適当にお皿に野菜やパスタなどを取り分け、剣持部長に手渡そうとするけれど、彼はゆっくり首を横に振った。

「悪い。今、食欲がないんだ。よければ君が食べてくれ」

「大丈夫ですか？　なんだか少し疲れてるみたいですけど……」

「休憩できるようにここのホテルの部屋を取ってあるんだ、休みたくなったら部屋に戻る。君は気にしないでくれ」

そう突っぱねるように言われてしまうと、ますます気になる。剣持部長が食べないのに、自分がガツガツするわけにもいかない。

それに、先ほどから女性たちの熱い視線をずっと感じる。それらはすべて剣持部長に向けられるものだったけれど、私がいることで遠慮しているらしい。彼に話しかけるタイミングを見計らっているのか、私たちの前を行ったり来たりしている。

「剣持部長も気がついてるんでしょう？　あの女性も多分、剣持部長と話したがってる感じですけど」

「わかってる、ああいうのが煩わしいんだ。だから君が今、こうして役に立っているだろ？」

役立っていると言われて少し嬉しい反面、表現しがたい虚しい感情が湧き起こる。

「そうですか、それならよかったで……痛っ！」

体勢を変えたその時、足の小指に鋭い痛みが走った。

買ったばかりの慣れないパンプスが小指にすれて、先ほどから、歩くのもやっとなくらいにじんじんと痛くてたまらなかったのだ。

「おい、どうかしたか？」

「い、いえ、なんでもないです。行きましょう」

笑顔を向けると、剣持部長は怪訝な顔をしながらも頷いた。

うぅ、やっぱり新しい靴なんて履いてくるんじゃなかった……。剣持部長に気づかれないようにしなきゃ。

やはりおろしたての靴をこういう場で履くものじゃないと後悔する。

それからも剣持部長は私を連れて、いろんな顔ぶれの来客と握手や挨拶を交わして回った——。


「少し休むか？　君も疲れただろう？」

「そう、ですね」

あ〜、やっぱり痛い‼　絶対皮剥けてるよね……。

小指の痛みに我慢できなくなった私は、休むついでに『お手洗いに行ってきます』と、剣持部長に声をかけようとした。けれど……。

「剣持君じゃないか、やぁ、こんなところで会うなんて偶然だな」

すでに酔っているのか、大きな声で笑いながら小太りの中年男性が、秘書らしき女性を連れて歩み寄ってきた。

あの人は確か……篠崎（しのざき）社長？

篠崎社長はうちでも取引のある会社の社長さんだ。実際に話したことはないけれど。

「久しぶりじゃないか、元気だったか？　聞いたよ、本社に栄転したそうじゃないか」

「ええ、恐縮です」

「おや、そちらの女性は？　君の秘書か？」

篠崎社長が私に視線を向けた。剣持部長が女性を連れているのが珍しいといったように少し驚いた表情をしている。

「ひょっとして、お付き合いしている女性なのかな？」

「いいえ、彼女は妻の莉奈です」

「え？　君、結婚していたのか、知らなかったな」

すると、篠崎社長は妻と聞いて「ほう」と興味深そうに頷いた。

「そうか、剣持君をうちの娘の婚約者にと思っていたのだがなぁ……先を越されてしまったな、残念だ。どちらのご令嬢かな？」

思わぬ質問をされて私はドキリとする。けれど、剣持部長は冷静に軽やかに笑って言った。

「それは秘密です」

「あっはっは、秘密とはね、君もなかなか身が固いな。まぁ、取引相手としてそういうところは気に入っているよ。それじゃまた」

「ええ、またご連絡いたします」

会釈する剣持部長に篠崎社長は軽く手を上げて挨拶すると、秘書を連れて人だかりへ消えていった。

「すみません。私、何もお話しできませんでしたね」

「気にするな」

その言い方は素っ気ないものだったけれど、嫌な顔をしない剣持部長に救われる。けれど、篠崎社長が私を見る目はどことなく冷たかった。まるで、こんな女性が彼の妻なのか？とでも言うように。

御曹司の妻が私みたいな庶民だなんて、周りから見たらやっぱり不釣り合いって思うんだろうな……。

改めて周りを見てみると、女優のような綺麗な顔立ちをした華やかな女性がほとんどだ。私のように地味で顔面偏差値の低い人はいない。そう思うとしょげてしまう。

「どうした？」

「え……？」

そんな思いを察したのか、剣持部長がうつむく私の肩に、そっと手を載せた。温かくて、意外と大きな手だった。

「みんな女優さんみたいに綺麗な人ばかりで、私が剣持部長の妻だって知ったら、趣味の悪い男だって思われませんか?」

「……ぷっ」

剣持部長がこらえきれないというように噴き出した。その笑顔は優しくて、純粋だと思った。こんなふうに笑う彼を見ていると、なぜか動悸がして引き込まれてしまう。

「あまり自分を悲観するな。君も……そう悪くない」

うつむいていた顔を上げて剣持部長を見ると、彼はほんの少し照れたような表情で私から目をそらし、そして言った。

「興味のない見ず知らずの女性を紹介されても、困るし鬱陶しいだけだ。なんの得にもならないからな」

「……そうですか」

柔らかに笑ったかと思えば、今度は彼の冷たい利己的な考え方に触れてしまった気がして、なぜかチクリと胸が痛んだ。彼の笑顔を思うとなおさらだ。そして、同時に足の小指も痛みだす。

「あの、私、ちょっとお手洗いに行ってきますね」

靴ずれがもう限界だった。同じフロアにある化粧室の場所を教えてもらうと、私は剣持部長の視線を背中に感じながら会場を出た。

謝恩会はあっという間に終盤に差しかかり、ちらほらと会場を後にする人たちや、個人的に二次会へ出向く人たちがロビーで歓談している。お手洗いで自分の足を確認してみると、靴ずれの部分が真っ赤になって、今にも皮がめくれそうになっていた。

いったぁ〜、うぅ、もうこんな時に……。

靴ずれなんて予期せぬ事態に、絆創膏の用意もしていない。でも、ここに長居していると剣持部長に不審に思われてしまう。痛みをこらえて会場に戻って彼の姿を探すことにした。

私が戻ると、始まった頃より半分くらい人が減っていて、剣持部長を見つけるのも時間はかからなかった。ひと際背が高く、すっとした後ろ姿に声をかけようとしたその時だった。

彼と向かい合っている女性の顔がちらりと見え、私は歩み寄る足を止めて思わず凍りついてしまった。

あの人は……嘘、なんでここに？

その女性が私の存在に気がついて、彼女も一瞬目を見張って驚いた表情をした。それに気がついた剣持部長が肩越しに振り向く。

「あぁ、遅かったな」

「……すみません、お待たせしました」

ぎこちない笑顔で彼の横に並ぶ。

剣持部長と話をしているのは、まさに私が契約交渉に失敗したメフィーアの前野塔子さんだった。年は私より確か五つ上で、剣持部長と変わらないはずだ。ふたり並んでいると、絵に描いたような大人のカップルに見える。クセのない流れるような長い黒髪に、真っ白な肌。

その容姿を活かして、自分の会社で発表したブライダル用のアクセサリーのモデルをやったりしている。そして色っぽい眼差しは、同性である私も思わずドキドキしてしまうほどだ。

「こんにちは」

透き通るような声で、前野さんが私にニコリとする。最後に会ったのは、契約の話を白紙にしてほしいと言われたちょうど一年前。ずいぶん月日が経ったように思えるけれど、つい最近のことのように鮮明に記憶が残っている。

「お久しぶりです……一年ぶり、くらいですね」

「え、ええ」

契約を白紙にした相手だと意識しているのか、彼女も心なしかぎこちない。

「私の身内が主催者の田村さんと知り合いで、仕事では直接関係はないのだけれど、私も今回招待されたの。そうしたら偶然、剣持さんにお会いして……彼とも久しく会っていなかったから話が弾んでしまったわ」

前野さんがふふっと顔を和らげて笑った。その笑みになんとなく嫌悪感を覚えてしまう。

「そうだったんですか……」

前野さん、剣持部長のこと知ってるんだ。

剣持部長は長い間、海外勤務だった。たまたま出張で帰国した時に顔見知りになったのか。いつから知り合いなのか。私の中で悶々としたものが湧いてくる。

彼女のお父様はメフィーアの代表取締役で、前野さんはそのひとり娘であり、副社長だ。

大企業の御曹司と令嬢、誰が見たって私なんかよりお似合いじゃない……。

剣持部長は、私と前野さんの間で過去に何があったのか多分知らない。前野さんと剣持部長が笑いながら会話をしているのをただじっと横で聞いていると、いつまで平常心でいられるか自分でもわからなくなった。でも、いきなりこの場から離れるのも不自然だし、剣持部長の立場もある。

けれど、前野さんと今さら話すことなんて……。

私が思うように前野さんと会話ができないのを見かねてか、横に立つ剣持部長が話を繋げた。

「彼女は私の営業補佐なんです。招待されたのは私のほうですけど、彼女にとってこういった場はビジネスの経験になると思って、同行してもらいました」

剣持部長が妻として紹介しないのは、前野さんが仕事相手だからだ。それに、私の左の薬指にはめられている結婚指輪に、彼女は気がついていないようだった。

「そうだったんですね。剣持さんの言う通り、こういうところって案外会社役員の方も集まりますし……」

ふふっと優しく笑う前野さんを見ていると、この人に仕事を切られたなんて何かの間違いだったんじゃないかという気になる。けれど、私の中の嫌な記憶が蘇って、やはり間違いではないと告げる。

「それでは、後日連絡ということで」

「はい。お待ちしています」

剣持部長、笑ってる。なんでそんなに楽しそうに笑うの……？　私と話す時はいつも仏頂面のくせに。

そんなことばかり頭を駆け巡る。前野さんが会釈して私たちの前から立ち去ると剣持部長が腕を組み、はぁと深くため息をついた。

「一体どうした？　そんな顔して」

「……すみません」

ただ謝ることしかできなかった。こんな時にあの忌まわしい過去に振り回されるなんて、情けなくてやりきれなくなる。それに、前野さんは仕事相手だというのにバカみたいに嫉妬（しっと）してしまったのも事実だ。

「あの！　謝恩会ももう終わりですよね？　だったら私、もう帰ります」

いたたまれなくてそう言うと、私はくるっと背を向けた。

「おい、待て」

呼び止める剣持部長の声も無視して大股でロビーに出る。わけもわからずいきなり不機嫌になったりして、自分が嫌になる。きっと剣持部長もこんな私に呆れているに違いない。

泣きたくなる気持ちを抑えてエレベーターホールに向かおうとすると、ものすごい力でグイッと肩をつかまれて、身体を反転させられた。

「ッ――！　剣持部長……」

「待てと言ったのが聞こえなかったのか？」

眉間にしわを寄せ、険しい視線で私を見下ろす剣持部長のその目は、明らかに怒っていた。

「なぜ、そうやって勝手な行動に走るんだ」

自分の大人げない行動に、私はうつむいて黙りこくる。

「すみません。私、ちょっと頭冷やしてきます」

言葉が見つからない。やはり謝ることしかできない私は、再び剣持部長の制止を振り切って駆けだそうとしたその時――。

思わぬ強烈な靴ずれの痛みが小指を刺激し、かくんと体勢を崩してしまう。

「きゃ！」

スローモーションのように全身を伸ばして、びたーん！と転ぶ私に、ロビーにいる人たちの視線が一斉に集まる。

いったたた……も～、私のバカ！

こんな人前で転ぶなんて恥ずかしすぎる。しかも何もないところで。私は痛くて情けなくて泣きたい気持ちを、唇を噛んでこらえた。

「まったく……君は何がしたいんだ？　ほら、立て」

顔を上げると、剣持部長が屈んで、すっと手を私に差し伸べている。真っ赤な顔を見られたくなくて、私は咄嗟にぐっと下を向いた。

「いい年した女性があんな顔面から見事に転ぶところなんて、そうそう見ないぞ。子どもじゃあるまいし」

「うぅ、お恥ずかしい限りです……」

素直に差し出されたその手に自分の手を載せると、彼は腕に力を入れて私を支え起こしてくれた。

「君、靴ずれを起こしているだろう？　歩き方がぎこちない」

「え……？」

立ち上がって視線を上げると、腕を組んでじっと私を見据える彼の視線とぶつかる。

「さっきから様子が変だと思っていた。つらかったならなぜ言わないんだ？　君の趣味は痩せ我慢なのか？」

呆れたような彼の視線がすっと細められる。

靴ずれのこと、気がついてたの……？

「それに頭を冷やすとはどういうことだ？　いきなり立ち去ろうとしたりして、君は本当に不可解すぎて、意味がわからない」

剣持部長が私を理解できないのは当然だ。だって、私自身よくわかってないんだから。自分のバカさ加減が滑稽すぎて笑えてくる。

「ほんと、私……バカですね」

「なんだ、今さら気づいたのか。とにかくここじゃなんだから部屋に行こう」

剣持部長は休憩できるようにホテルの部屋を取っていると言っていた。剣持部長と部屋にふたりきりという緊張よりも、私の足はもう一歩も踏み出せないくらいに痛くて悲鳴をあげていた。

「すみません」

「ほら、つかまれ」

剣持部長がつかまりやすいように腕をそっと出してくれる。私はその言葉に甘えて少し筋肉質な腕にそっと自分の腕を絡めた。

剣持部長が取っていた部屋は一面ガラス張りのスイートルームだったけれど、私は夜景を堪能する余裕もなく、すぐさまベッドの縁に腰掛けた。ようやく座れたという思いに、どっと疲れがのしかかる。そしてルームサービスで絆創膏と消毒液を頼むと、しばらくしてボーイが救急セットを持ってきた。

「ほら、消毒するぞ。足を貸せ」

剣持部長はジャケットを脱いで椅子の背にかけると、おもむろに私の前で片膝をついた。

「靴とストッキングを脱げ」

ストッキングを脱げと言われて焦る。そんな恥ずかしいことをさらっと言うなんて、デリカシーがなさすぎる。

「自分でできますから」

「いいから早くしろ」

「もう、わかりましたよ！　脱ぎますから後ろ向いててください」

根負けして私がそう言うと剣持部長が背を向け、その間に私は靴とストッキングを素早く脱いだ。

「あちゃー、皮が剥けてる」

「なんだって？　見せてみろ」

剣持部長は勢いよく向き直って私の足を手のひらですくうと、素足に触れられて恥ずかしいという私の気持ちもそっちのけで、靴ずれした部分をじっと食い入るように目を細めて見た。

「あの……」

「これじゃ歩くのもつらかっただろ。大体この靴はおろしたてだな？　立食と言っただろう？　履き慣れない靴を選ぶからだ」

私の失態にぶつぶつと文句を並べながら、剣持部長は眉間を歪ませた。

そんなこと言ったって靴がなかったんですよ、という言い訳を呑み込んで「ごもっともです」とその正論に項垂れた。

「すまないな、早く気づいてやれなくて」

痛々しいものを見る目で、剣持部長が消毒液をコットンに含ませて丁寧に拭き取っていく。

「ありがとうございます」

手際よく絆創膏を貼りつけると、彼は最後にぺしっと私の足を軽く叩いた。

「痛っ！　もう、何するんですか」

すると剣持部長は私のむくれ顔を見て小さく笑った。

「それだけの元気があればもう平気だな」

「え……?」

「君、前野さんと何かあったんだろう?」

やっぱり、剣持部長はわかっていた。彼の洞察力にはかなわない。すると再び前野さんのことを思い出して私は顔を曇らせた。

「俺の営業補佐に任命するにあたって、君の過去の実績を調べたと言っただろう? メフィーア契約の際、少し不審に思う点があって……差し支えなければ、君にいつか聞いてみたいと思っていたんだ。無論、話す気があればだが」

いつもは私を見下ろしている剣持部長だったけれど、片膝をついて私を見上げるその目は真剣で、ドキンと胸が鳴った。

河辺部長の懇意にしていたメフィーアのCM契約が白紙になってしまった。納得のいく理由もなく。ただそれだけのことだ。不審な点があると言われても、もう取り返しがつかない。言い訳にしかならないことを今さら話したところで……と葛藤する。

けれど剣持部長の真摯(しんし)な眼差しに、渋々私は口を開いた。

「さっき剣持部長が話していた前野さん、実は一年前に河辺部長に契約交渉を任された時の担当責任者だったんです。うまく話も進んでいて、最終段階の打ち合わせに行った時……今までの話を白紙にしてほしい、今後いっさいアルテナと契約しないって言われたんです。だから気まずくて……」

夢にまで見る嫌な過去だ。

気がつくと、私の沈んだ表情を剣持部長はじっと無言で覗き込んでいる。この話を聞いて、彼がどう思うかわからないけれど、その視線から逃れるように私は顔をそらした。それに先ほどの自分の大人げない行動もあってまともに彼の顔を見ることができなかった。

「なるほど、そんなことが……。君は、以前かなり優秀な営業だったんだろ？　実は君のこと……」

剣持部長が顎に人差し指と親指をあてがって、思わぬことを口にした。

「名前だけだが、海外にいる時から知っていたんだ。君が落とした社員証を拾った時、まさかとは思ったが……」

「えっ⁉」

驚いて目を丸くすると、剣持部長がふっと笑った。

「君の仕事ぶりは、海外にいる俺のところまで届くくらい優秀だったということだ。

だから、どんな社員なのかと期待していれば、社員証を落とすわ、自分で手伝うと言っておきながら作成した書類にミスはあるわ……」

「書類にミス……って、もしかしてこの前の？」

思わず前のめりになって剣持部長をぐっと見つめる。

よくできているって言ってなかった？　まさか、ミスがあったなんて……恥ずかしすぎる！

「じゃあ、どうして――」

「君は人前でミスを指摘されて、怒られるのが好きな人種なのか？」

「人前で……？　あっ」

あの時、そういえば確かに影山君がそばにいたけど……。

剣持部長がふっと笑う。からかっているような笑みにも思えたけれど、自分の作成した書類にミスがあったことを思うと恐縮してしまう。

「まぁ、たいした間違いではなかったから気にするな」

気にするなと言われても……あぁ、何やってるんだろ私。

穴があったら入りたい気分だ。剣持部長に余計な気を使わせてしまった。

しゅんとしょげる私の頭に、ふと彼の温かな手が載せられる。大きくて男らしい、それでいてキーボードに滑らせる繊細で綺麗な指を脳裏に思い返す。

「君はドジで危なっかしくて、見ていないと何をするかわからない。だから君には興味をそそられる。それに……」

その優しさを含んだような声音に胸が高鳴り始めると、剣持部長が言いにくそうに口を開いた。

「実は、今年の終わりにメフィーアが新商品を発表する。コンペに参加し、専務からその広告契約を取りつけるように言われているんだ」

「え……」

剣持部長の言葉に耳を疑った。

今、なんて？　広告契約を……？

頭をガツンと殴られたような衝撃を受けた。私は剣持部長の補佐になる。ということは、メフィーアとも再び関わらなければならないということだ。

脳裏にトラウマになったシーンがフラッシュバックする。

「わ、私……無理です」

口に手を当て、震えだしそうになる声を咄嗟に抑える。けれど、すでに指先は小刻みに揺れていた。せり上がってくるプレッシャーに、つい弱気な発言がポロリとこぼれてしまう。

「無理、とは？」

その震えをなだめるように、剣持部長の手が私の指先を包み込む。

「もしかして、さっき前野さんと話していたのはそのことだったんですか？」

「そうだ」

剣持部長はごまかすでもなく、はっきりとそう私に言った。

「私はきっと剣持部長の邪魔になります。だって――」

「君はいつまで過去の失敗にとらわれているつもりなんだ？」

厳しい言葉が私の胸を刺す。確かに彼の言う通り、私はずっと逃げている。みんなの迷惑にならないように、もう二度とあんな思いはしないように。

「俺は万が一君が邪魔になったところで失敗などしない」

聞きようによっては心ないセリフにも思えたけれど、それは自信を失っている私の心を揺さぶった。

「剣持部長って、自信家なんですね」

「別に、本当のことを言ったまでだ。俺のキャリアをナメるなよ？」

剣持部長が不敵に笑うと、私も自然と笑みがこぼれた。すると。

「あ……」

不意に彼が前のめりになったかと思うと、私を包み込むようにふわっと抱きしめた。

「剣持部長？　あ、あの……」

「俺たちは夫婦なんだ、こういうことをするのは自然だろう？」

剣持部長の言う〝こういうこと〟とは、どこまでのことを言っているのだろう。そう思っていると、彼の手がそっと背中のファスナーに伸びてきて、私は彼の意図を悟った。

ぐっと距離を狭める彼の口から短い吐息がこぼれて、私の耳を掠めるとビクッと身体がしなった。

「大丈夫だ。君を二度とつらい目に遭わせたりしないから」

互いの視線が絡み合い、それを合図に唇を寄せる。やんわりと重なった唇から、剣持部長の温もりがじんわりと広がった。

「ん……わっ！」

ベッドの縁に座っていた私に剣持部長が体重をかけてきた。そのまま私は自然と押し倒される形になって、ボスッと身体がベッドに埋まると、急に恥ずかしさがこみ上げてきた。

「俺が前野さんと話している時、君の様子が妙だったのは……もしかして、嫉妬してたのか？」

「ち、違います！　あれは――んっ」

真っ赤になって否定する私を彼はクスリと笑い、言い訳はするなと、私にもう一度口づけた。

私たちは法律上では夫婦だ。出会った時のキスは事故だったとしても、こんなふうに優しくされると、まるで初めてのキスみたいに思えた。

柔らかくて、温かくて、ずっと触れていたい感触に身体が甘くしびれる。

剣持部長が言うように、私は楽しそうに会話をしているふたりに嫉妬していた。なぜ嫉妬してしまうかなんて、そんな理由自分でもわかっていた。

こんな傍若無人で勝手な人、好きになるわけないのに……。

頭ではそんなふうに思っているのに、私は彼の温もりを追いかけていた。自分の行動の矛盾に心がかき乱されていく。

「け、んもち……部長」

唇をついばまれ、口の端、頬に口づけがゆっくり移動して、ついには首筋に触れた。

「ち、ちょっと待って！」

ずしりと急に彼の体重を感じて口づけの陶酔から我に返る。

「あの、いくらなんでも……この先は――ん？」

ふと耳元から聞こえてくる規則正しい呼吸。まさかと思い、身体をずらして抜け出すと、彼の身体がゴロンと反転する。

「もしもーし、剣持部長？」

「……ん」

夢うつつの中でなんとか私の呼びかけに反応するものの、勝手に甘い雰囲気を作っておいて、彼は完全に寝入っていた。

「まったく……」

よほど身体が疲れて限界だったのだろう。今日一日、私よりも気を張っていたかもしれない。一気に緊張がほぐれて、さすがの剣持部長も睡魔には勝てなかったのだ。

長いまつげにキメの細かい肌、薄い唇。寝顔までもきちんと整った顔立ちをしていて、そっとその頬に触れてみる。

毒舌で、少し意地悪で、自分勝手なことを言う剣持部長だけれど、この綺麗な顔を見ていると、彼の素顔を知りたくなってしまう。

「剣持部長、私たちの結婚生活に愛が芽生えると思いますか？」

返答がないことがわかっていて、私は独り言のようにそう問いかけた。

自分の中で剣持部長という存在が変わりつつある。けれどそれは、相手も一緒に変わらないと意味がない。

今さら思うけれど、結婚はひとりではできないものなのだ。

彼の静かな寝息を聞きながら、ホテルから見える夜景をいつまでも眺めていた——。

二人三脚の始まり

そして翌週。

ミーティングで、私の業務形態が内勤から外回りの営業と剣持部長の補佐へ変わったことを、営業部全員に告げられた。

「莉奈！　よかったね！　待ってたよ～、また一緒に頑張ろう！」

ミーティングが終わると、一番に亜美がニコニコしながらやってきて、ポンと私の肩を軽く叩いた。

「ありがとう、頑張るね」

部署のみんながどんな顔をするか少し不安だったけれど、ここは名誉挽回のチャンスだ。今より断然忙しくなるけれど、とにかく頑張るしかない。

先週、私はホテルの部屋で剣持部長とふたりで過ごした。

といっても、キス以外のことは結局何もなかった。途中で寝落ちしてしまった剣持部長はあまり記憶がなかったらしく、『実は前日から寝てなかったんだ』と、何事もなかったかのようにしれっとしていた。

わざわざ掘り返すこともしたくなかったし、そのままふたりで朝食をとって家に帰ってきた。

成り行きでキスしたけれど、夫婦になってから初めてのキスだった。彼の唇の感覚を思い出すと、無意識に頬が緩んでしまう。

はぁ、完全に寝不足……。

『眠れたか?』なんて呑気に聞いてきたけれど、私だけが緊張して一睡もできなかった、なんて恥ずかしくて言えるわけなかった。

剣持部長のことを無意識に考えながら、今は指輪をしていない左薬指をそっと撫でる。社内では結婚したことは内緒にしているため、指輪は外している。けれど、何もない薬指に私はなんとなく物足りなさを感じてしまうのだった——。

午前の仕事をこなして昼休憩が近くなった頃。

「あれ、剣持部長は？ さっそく一緒に外に行くのかと思ってたけど」

出先から戻った亜美に声をかけられる。

「うん、まずは剣持部長の担当してるクライアントの資料を全部把握して、まとめておこうと思って。今朝そういうふうに言われたの。いきなり何も知らないで行っても先方に印象悪いから」

剣持部長はクライアントの説明会へ行くと言って、ミーティングが終わると同時に出かけてしまった。本当は私も同行したかったけれど、自分がすべきことを優先した。

「そうなんだ。私、午後はデスクワークだから昼休憩は会社に戻ってからにしようと思ってたんだ。一緒にランチどう?」

せっかくのお誘いだったけれど、私は昼休憩を返上して、剣持部長から課せられた仕事を早くこなしたかった。

「ごめんね、ちょっと今日は忙しくて……」

「そっか、わかった。あんまり無理しちゃダメだよ?」

「ありがと」

正直、仕事が変わったという緊張感からか、今朝から食欲がなかった。今は、自分が外回りをしていた時の感覚を思い出したい。

営業の仕事は主に、クライアントから広告の仕事を獲得してくることだ。まず、企業側から広告を出したい商品についてのオリエンテーションを受け、コンペに参加するか部署内で検討する。

プレゼンは費用も時間もかかるし、うちの会社の場合、営業個人では簡単に判断できないことになっている。うまく条件が合えば受注決定、契約書の作成となるけれど、私は何度もコンペで落選し、涙を飲んだ。

企業がCMを打つ場合、特定の広告代理店と契約を結んで全面的に委託することもある。けれど、新製品や新サービスの発表は、ほとんど代理店コンペになる。こういったケースのコンペ争いは激戦だ。なぜならCMの制作費用だけでなく、あらゆる媒体の扱いが含まれる億単位のビジネスになるからだ。とくにテレビなどの電波媒体の取扱高は大きい。

剣持部長は仕事を多く抱えているというのに、メフィーアが新商品を発表するにあたって、コンペのために毎日奔走している。営業補佐である自分も、これから忙殺されるような日々が待っていると身構えてしまうけれど、私は剣持部長を信じて仕事をすると決めた。

ふと、デスクの卓上カレンダーに目がいく。

あ、そういえば……。

六月十日。今日は私の二十八歳の誕生日だ。最近、忙しさのせいもあってか、誕生日すら忘れていた。するとその時。

「お疲れさん！」

「うわ！」

いきなりポンと頭を押さえ込まれた。誰かと思って見上げると、外から戻ってきた影山君がニッと笑った。

「俺、今朝のミーティングに出られなかったけど、聞いたよ、正式に外回り営業になったんだって？」

「うん、そうなの。初めは不安だったけど、剣持部長に〝君はいつまで過去の失敗にとらわれているつもりなんだ？〟って言われちゃって……くよくよしながら仕事するのはもうやめたんだ」

ニコリと笑う私に反し、影山君は少し心配げに眉を下げた。

「本当にそれでいいの？　また思い出しちゃったりしない？　あの時、相当落ち込んでたじゃないか。もうあんな松川さんを見るのは……嫌なんだ」

メフィーアとの契約がダメになって、私は毎日泣いていた。その当時の落胆ぶりといったら、今じゃ恥ずかしくなる。あれほど大きなビジネスを逃した屈辱は計り知れない。あの時は部署内だけでなく、制作部にも媒体部にも迷惑がかかってしまった。思い出すとやはり鬱々とした気持ちになるけれど、剣持部長が言うように、それではいつまで経っても前には進めないのだ。

「うん、今度こそ大丈夫！」

「それってさ、剣持部長がいるから？　もし、失敗してもフォローしてもらえると思ってるのかな？」

「え……」

影山君は辛辣な言い方に加えて、面白くなさそうな表情を浮かべている。

「剣持部長は頼りがいのある上司だけど、だからって甘えるつもりはないよ。それじゃ補佐の意味がないじゃない」

なんでそんな意地悪なこと言うの？　影山君ってそんな人だった？

私の中で影山君への不信感が募っていく。亜美と三人でよく飲みにも行ったし、いい友達関係を築けていると思っていたのに。まるで私が外回りになることが気に入らないみたいな……。

「ごめん、ちょっと心配しすぎた」

すっかり笑顔が消えてしまった私の表情を見て、影山君が慌てたように言った。

「まぁ、松川さんは元々仕事のデキる人だからね、応援してるよ。何か困ったことがあったら相談して」

不穏になりかけた空気をかき消して、影山君は自分のデスクへ戻っていった。そんな後ろ姿を見ながら、私はふと、以前、剣持部長の言っていたことを思い出した。

――影山には気をつけてくれ。あいつは……ちょっと厄介だ。

まさか、何もないよね……考えすぎ！　考えすぎ！　影山君はきっと私を心配して言ってくれてるだけ。

猜疑心をブンブンと首を振って消すと、私は午後の仕事に集中することにした。


今日は私の誕生日ということに気がついてしまったからには、何かしたい。無事に仕事が終わるとそんな気分になって、会社帰りに材料を買い、家でホールケーキを作ることにした。誰と食べるというわけでもないけれど。

だだっ広い４ＬＤＫの部屋でひとり、今流行りのＪ−ＰＯＰを流す。間接照明だけのダイニングキッチンで私はご機嫌に鼻歌を歌いながら、あまり使った形跡のないオーブンレンジからふんわり焼けたスポンジを取り出した。

「よし！　うまく膨らんだ」

私は甘いものが大好きで、店で買うのもいいけれど、学生の頃からたまにこうして自分でクッキーやらマフィンやら手軽にできるお菓子を作ったりしていた。

久しぶりにケーキを作ってみたけれど、こんがり焼けたスポンジに自己満足してしまう。粗熱を取っている間に買ってきたシャンパンを開けてグラスに注ぐと「乾杯」と、ひとり寂しく呟いて口をつける。

「ん～、美味しい！」

料理をしている時は、集中していて味見以外は何も飲み食いすることはなかったけれど、昔、友人がアルコールを飲みながらほろ酔いで楽しそうに料理をしている姿を見ていたら、自分もそんなクセがついてしまった。

スポンジを横半分に切ってフルーツとホイップクリームを挟み込む。そして湯煎して溶かしたチョコレートに生クリームを混ぜ込んだものを全体に丹念にかけた。

〝Ｈａｐｐｙ Ｂｉｒｔｈｄａｙ〟なんて、自分でプレートに書くのは恥ずかしいし虚しいけれど、チョコレートが余ったからついでに作って、ケーキの中央に載せてみた。

簡単なケーキだったけれど、ついでに残った苺もきれいに並べてみる。見た目は美味しそうだ。

「よし、できた！」

シャワーを浴びたらゆっくりしようかな？　作ったはいいけれど、こんなにひとりで食べきれないよ……剣持部長もいたらいいのに。電話してみようかな？　でも、きっと忙しいよね。

そんなことを思いながらキッチンを簡単に片付けると、私は浴室へ向かった――。

二十八歳かぁ～。そういえば、お姉ちゃんは二十八歳で結婚したよなぁ……。

熱めのシャワーを浴びながら、私はぼんやりとそんなことを考えていた。

姉とは今年の初めに会ったきりになっていた。

そろそろ元気にしているか様子を見に行こうと考えてはいたけれど、結婚間近だった彼氏と別れたどころか『朝、目覚めたら自分の上司の嫁になってました』なんて、どう説明すればいいのだろう。

事故のような結婚に理解を示すわけもない。けれど、全部話してしまえば『早く結婚しなさい』『お母さんを安心させてあげて』と、うるさくまくし立てられることもなくなるかもしれない。

はぁ、と私がため息をついてシャワーを止めたその時だった。カタンと部屋のほうから小さな物音が聞こえた気がして、私の心臓がドキリと跳ねた。

え……？　何？　今、なんか物音しなかった？

ドクンドクンと心拍数が上がっていくと、再びガタッと物音がした。確かに聞こえる物音に、サーッと血の気が引いていく。

まさか、泥棒⁉　嘘でしょ……。

セキュリティは万全だけれど、どんなマンションでもちょっとした隙をついて忍び込んでくる泥棒のプロがいる。そんなニュースを、先日観たばかりだ。あと、元交際相手が盗聴器をつけてストーカーなど、様々なケースを思いめぐらすとパニックになりそうだった。

とにかく落ち着こう。怖いけれど、ここでじっとしているわけにもいかない。

私はバスタオルで身を包み、髪の毛もターバン巻きにすると、浴室掃除用の柄の長いブラシを手に取って、そろりそろりと脱衣所に出てみた。

私は中学高校と剣道部に所属していたこともあって、構えだけは完璧だ。けれど、竹刀ではなくてブラシというのがなんとも間抜け。

やっぱり誰かいる――。

確かに感じる人の気配に緊張感が高まる。ここは一気に飛び出していって、相手の不意をついたほうがいい。

そう思った私は、迷わずに勢いよく脱衣所のドアを開けた。

「やぁぁ‼」

「なっ――」

ドアを開けるとちょうど目の前に何かを物色している男の後ろ姿を発見して、手に持っているブラシを振り下ろそうとした。けれど、相手の動きのほうがひと足早く、パシッと瞬時に腕をつかまれて、力の抜けた手からブラシが床に落ちた。

「っ――け……」

素早く振り向いたその相手が誰だか認識すると、私は声も出せずにそのままの格好で固まった。

「まったく、ブラシで夫に殴りかかるなんて、君は本当に乱暴だな」

「剣持部長⁉」

口をパクパクさせている私をじっと睨んで見下げると、彼は床に落ちたブラシを拾い上げた。

「それに、なんて格好をしてるんだ」

眼鏡のブリッジを押し上げると、剣持部長は目のやり場に困るというように視線をさっとそらした。

なんて格好……って？

「きゃああ！」

私はバスタオル一枚身につけただけの自分の姿に我に返ると、一気に体内の血液が沸騰した。

「す、すみませんっ！」

光のごとく私はすぐさま脱衣所に戻りドアを閉めると、そのままもたれて乱れる呼吸を整えた。

なんで剣持部長がここにいるの⁉　び、びっくりした。

とにかく落ち着こう。そうだ、ここは元々剣持部長の部屋で、彼は自分の夫だ。ここにいることはなんの不思議でもない。けど、来るなら来るって言ってくれてもいいものを……。

ようやく冷静になると、私は服に着替えてしっとりしたままの髪の毛を結い上げた。そして、甚だしい勘違いをした気まずさに、先ほどの威勢とは違ってしゅんとうつむきながら脱衣所を出た。

「あの、いきなり殴りかかってすみませんでした。お怪我は……？」

「あんな攻撃されたくらいで怪我をするわけないだろう」

仏頂面をした剣持部長が足を組んでソファに座っている。仕事が終わって直接ここへ来たのか、彼はスーツを着ていた。

すると、不意に剣持部長が首元のネクタイを緩めながら言った。

「君、今日は誕生日だろう？」

「え？　私の誕生日、知ってたんですか？」

「自分の妻の誕生日くらい……というか、婚姻届に生年月日が書いてあったのを覚えていた」

婚姻届に書いてあったからだとしても、自分の誕生日を覚えていてくれたことに嬉しさがこみ上げてくる。

「あの、気が向いたから自分でケーキを焼いてみたんです……って、あぁ！」

テーブルに載っているケーキを見ると、均等に並べた苺がひとつなくなっている。

「もしかしてつまみ食いしました？」

「つまみ食い？　苺だけだぞ、まだケーキには手をつけていない」

「もう、屁理屈言わないでください！」

飄々としている剣持部長にムッとして言うと、彼がすっと目を細めて笑った。

「ほら、ワインを買ってきてやったから、機嫌を直せ」

手元にあった紙袋から高そうな赤ワインを取り出して、私に手渡した。

「こ、これは……！」

ずしりと重みのあるボトルのラベルを見て驚いた。

「ロマネ・コンティじゃないですか！」

圧倒的な人気、ブランド力と、希少性が高く、良作のものは百万単位に上る。どんなに安くても数万はくだらない。金持ちの飲み物として、庶民である私には縁遠いワインだ。それが今、この手の中にある。こんな高価なもの、酒屋はおろか、ワイン専門店でもなかなか見かけることができないというのに。

「これ、どうしたんですか？」

「君の誕生日だと気づいて知り合いの店に連絡してみたら、ちょうど在庫が一本あると言われて手に入れた。タイミングがよかったな」

もしかして、私のために……剣持部長が？

またいい加減な彼の気まぐれだったとしても嬉しかった。私がさっそくオープナーでコルクを抜こうとするけれど、結構きつくてなかなか抜けない。

「貸してみろ。コルクを割ったりしたら目も当てられない」

「そ、そうですよね！　お願いします」

コレクターの間では、そのコルクや空き瓶でさえ、高値で取引されるワインだ。丁重にボトルを手渡すと、剣持部長はいとも簡単に、ポンといい音をたててコルクを抜いた。

コルクが抜けただけで瓶口からワインの芳醇な香りが部屋中に広がる。

グラス用意しなきゃ。

私がテーブルにグラスを持っていくと、それを見た剣持部長が不服そうに眉間にしわを寄せた。

「もっと気の利いたワイングラスはないのか？」

「こんな高価なワインが飲めると知ってたら、ちゃんとしたブランドのグラス買ってきましたよ」

仕方なしに剣持部長がワインをグラスにそっと注ぐ。

色は淡く香りも奥深い。

「ひとりで誕生日を迎えるとばかり思ってたので……嬉しいです」

「妻の誕生日を祝うのは当然だろう？」

剣持部長の柔らかな視線と目が合うと、まだワインを飲んでいないのに頬が上気する。向かい合っていると真っ赤な顔がバレてしまいそうで、私は彼の横にちょこんと並んで座った。

「とにかく乾杯だ」

「はい」

軽くグラスをカチンといわせ、湧き上がる気恥ずかしさをごまかすように私はワインを口に含んだ。

「う……」

初めて飲む高級ワインだ。さぞかしフルーティーで美味しいだろうと思っていたけれど、口の中に広がった味は想像に反していた。

いくつものワインを飲み渡った人ならばきっと、このよさは理解できるのだろう。けれど安物ばかり飲んでいた私にとって、これはなんとも表現しがたい。

「ぷっ……君、自分が今、どんな顔してるかわかるか?」

剣持部長が、私の顔を覗き込んで噴き出している。そんなふうに言われなくても、口も眉も歪めて変顔をしているのは、鏡を見なくてもわかる。このワイン、お世辞でもものすごく美味しいと言えるものではなかった。

それに、剣持部長は私がロマネ・コンティなんて飲んだことないのをわかっているはずだ。美味しいなんて言っても、嘘だとバレてしまう。

「ロマネ・コンティは飲むワインというより、語られるワインと呼ばれている。君も、この味を覚えておくといい」

「はい。またひとつ大人になった気がします。パーティーとかに行った時に、話のネタになりますもんね」

「そういうことだ」

ワインの入ったグラスを片手に、彼はその色味を優雅に眺めている。そんな彼の横顔を見ていると、なんだか彼が自分の夫であるのを忘れてしまいそうだ。

「あの、よかったらケーキ食べます？」

気分が乗ったからと自分で五号サイズくらいのケーキを作ってみたものの、ひとりで食べきれるか自信がない。

「あぁ、いただこうか」

私はパッと顔を明るくさせ、さっそく切って皿に載せたケーキを持っていく。

「久しぶりに作ってみたんです。結構うまくできたと思うんですけど」

剣持部長がフォークでひと口サイズにケーキを崩すと、ぱくっと口に運んだ。

「へぇ、うまいな」

独り言のように呟いて黙々と食べ始めたかと思うと、彼はあっという間に平らげてしまった。

「剣持部長、もしかして甘いもの好きですか？　ぺろっと食べちゃいましたね。意外です」

「あまりこういうものを食べないから、物珍しかっただけだ」

ほんの少し照れた顔をして、そんなふうに口ごもる剣持部長がなんだか可愛らしく思えてしまう。

「そういう君は何が好きなんだ？」

質問を質問で返されると、私は数ある好物の中から「ジンジャークッキーが好きです」と答えた。

「へぇ、人は見かけによらないな。ごちそうさま」

「もう！　どういう意味ですか？」

私が頬を膨らませていると、その顔が面白かったのか彼がふっと笑った。

「誕生日、おめでとう」

剣持部長がワインに口をつけ、ソファの背もたれの上に腕をかけると、じっと私を見つめた。

まさか、剣持部長の口からそんなセリフが飛び出すなんて。不意打ちを食らって、私は何度も瞬きをした。

「何をそんな驚いた顔してるんだ？」

そういえば、今日、『おめでとう』を言ってくれたのは、剣持部長が初めてだ。

嬉しい。嬉しくて……どうしたらいいのかわからないよ。

毎日が忙しくて、自分の誕生日さえ忘れかけていたというのに。こうして私だけを見つめてくれているのが嬉しかった。

好きでもない人といきなり結婚して、あの時はこの世の終わりみたいだった。絶対に好きになんてならないと思っていたのに、私を見つめる彼の瞳に、いつの間にか心を奪われていた。

私だけを見ていてほしい。私の存在を認めてほしい。その瞳の奥にある優しさを全部独り占めしたい。

彼のことが、好きだから——。

どんどん彼に対して貪欲になっていくのがわかる。彼のことを考えるだけで胸が締めつけられる。こんな切ない想いは、簡単に言葉では言い表せない。

ただ、私の中で芽生えたものをこっそり育ててみたかった。育てて、その後どうなるかなんて、わからないけれど……。

彼のたくましい腕がすぐ私の頭の後ろにある。この腕に寄り添いたいのに、素直にできなくてもどかしい。

「剣持部長は私と結婚して、この先、うまくいくと思いますか?」

私は長い沈黙を破ってそんな質問を投げかけた。

彼は少し驚いた顔をして、手にしていたグラスをテーブルに静かに置いた。

「君は俺にとって最適な女性だと思っている。行きたくもないパーティーに顔を出して、ほかの女性に気を使う必要もないし、名前のある家の娘でもないから目立たない」

剣持部長が顔の向きを変えずに横目で私を見つめる。その視線にドクンと胸が波打った。

「俺は、君のことは人として信頼しているし、余計な感情さえなければ、この関係はうまくいくはずだ」

温度を感じない彼のその言葉に、私は胸を抉られて何も言えなくなってしまった。

恋愛の先にあるものが結婚だと今まで思ってきたけれど、結婚の先に芽生える恋愛はやはり不毛なのかもしれない。

これって遠巻きに〝結婚はしているけれど、恋愛対象ではない〟って言われてる……？

傷ついているなんて悟られたくなかった。そんなこと、私が剣持部長のことを好きだと告げているようなものだ。

「女性に気を使うのが嫌という理由だけで結婚するなんて……本当にそれでよかったんですか？　私が言うのも変ですけど、もっと自分のことを大切にしてください」

……なんて、自分だって酔って記憶のないまま剣持部長と安易に結婚してしまったのに、偉そうなこと言えないよね。

そんなふうに思っていると、剣持部長がほんの少し物憂げな顔をして口を開いた。

「自分のことを大切に……か。そんなふうに言われたのは初めてだな。なぁ、ひとつ聞いていいか？」

剣持部長が私に向き直ると、まっすぐ私を見据えた。

「もし、君が恋愛をして好きになるとしたら……影山みたいな男なんだろ？」

「……へ⁉」

な、なんでそうなるの？　私が影山君を好き？　そんなこと、ひと言も言ってないのに。

あまりにも突然な質問に、思わず絶句してしまう。

剣持部長は完全に何か勘違いをしている。影山君は確かに気の置けない仲だけれど、あくまでも友達で、ときめくような恋愛感情なんかない。

返答に困っていると、剣持部長が変なことを聞いたなと、自嘲ぎみに笑った。

「影山君は大切な友達です」

「ふぅん……まぁ、いい。君との関係は俺なりに楽しんでいる。結婚したのだから、君も俺をうまく利用してくれ」

違います！　私が好きなのは――。

そう言いそうになって、私は慌てて言葉を呑み込んだ。そんなことを言えば、きっと剣持部長は困る。女性に言い寄られるのが嫌で結婚したというのに、私が好きになってしまっては本末転倒だ。

お互いの気持ちがすれ違っている。こんなもどかしい思いは初めてだ。

元彼の慎一の時みたいに、潔く引き下がることができればいいのに。剣持部長への気持ちは、どんどん大きくなっていく。

再び訪れる沈黙にどうしようと思っていると、剣持部長がおもむろに口を開いた。

「今日の午後、メフィーアの商品開発の担当と会ってきたんだ」

「え？　そうだったんですか？」

どうりで一日中顔を見なかったわけだ。

突然、剣持部長の口から仕事の話が出て、私はモヤモヤとしたものを頭の片隅へ追いやって、気持ちをさっと切り替えた。

「新商品の詳細がわかった。資料をもらってきたから君も目を通しておいてくれ」

剣持部長がファイルされた資料を鞄から取り出すと、どさっと私の膝の上に置いた。

かなり細かな資料のようで、重みもあって分厚い。さっそくファイルを開いてみると、
煌びやかなティアラのデザイン画が目に入った。

「ロイヤルクイーンティアラ……」

　メフィーアが発表する新商品はウェディングアクセサリーの代表格、ティアラだった。いくつものダイヤやクリスタルがちりばめられていて、小花やリーフがモチーフになっている。派手すぎず、上品な可愛らしいティアラだった。

「君にもうひとつ、誕生日のプレゼントだ」

「プレゼント？　ワインをいただいたのに……ありがとうございま――っ!?」

　剣持部長が鞄の中から再び何かを取り出そうとしているので、わくわくしていると、私に手渡されたのはコンペ用の企画書の雛形だった。

「あの、これは……一体？」

「競合コンペは来月の初旬だ。そこで、クライアントへのプレゼン企画を、君に任せたい」

「ええっ!?」

　来月の初旬ということは、あと三週間ちょっとしか時間がない。その期間にクライアントに気に入ってもらえるような内容のプレゼンをするため、企画と提案を考えな

くてはならないということだ。しかも、それを私に……。

「安心しろ、何も全部君に丸投げするつもりはない。実際のプレゼンは俺がやる。君の今までの実績を見込んで言ってるんだ。やれるな？」

剣持部長のまっすぐな視線が、不安でいっぱいの私を捉える。その瞳に〝大丈夫だ〟と背中を押されたような気になって、不思議とやる気がみなぎってくる。

そうだ。これは、私の中の壁を越えるチャンスだ。剣持部長がくれたこの機会、いつまでも逃げるわけにはいかない。

「わかりました。任せられたからには、がむしゃらに頑張って採用を勝ち取りに行きます！」

「いい返事だ」

剣持部長がやんわりと目を細めると、そっと私の頭を撫でた。それはあまりにも優しくて、心地よくて、まるで猫のように頭をこすりつけたくなってしまう。

これから始まる剣持部長との二人三脚に募る不安もあるけれど、彼とふたりでコンペに勝ちに行くため、私はもう過去を振り返らずに、前に突き進む決意を新たにした。

影山君の疑惑

そして翌日。

朝起きて、仕事に行く服に着替えてからリビングに出ると、剣持部長がまだネクタイをせずに少しシャツの襟元を寛げた姿でコーヒーをすすっていた。もう片方の手には経済新聞。

普通ならそんなスマートな姿に見惚れてしまうところだけれど、いつもは青山のマンションに帰る剣持部長がここにいるということに、目が点になってしまった。

「あの、剣持部長……なぜここに？」

「なぜって、俺たちは夫婦だろ？　妙なことを聞くな」

剣持部長が新聞から視線をずらして私をジロッと見た。

昨夜、あれから彼は一度外に出ると言って家を出ていった。

どこに出かけたかわからないけれど、私は任された仕事に対する緊張感がようやくほぐれたところで強烈な眠気に襲われ、いつの間にか寝てしまっていた。

「昨日、ちょっと外に出てくるって言ってたので、ほかにあるご自分のマンションに帰ったんだとばかり……」

「外に出るとは言ったが、帰るとは言っていない。生活に必要な物を青山にあるマンションの部屋に取りに行っただけだ」

「必要な物……？」

剣持部長の言っている意味がイマイチ呑み込めないでいると、彼は新聞を閉じて、ため息をついた。

「メフィーアの企画を君に任せたからには、当然俺にもフォローの責任がある。密に連携を取ることで、効率のいい仕事ができるだろう？」

「それは、そうだと思いますけど……」

「俺の抱えている仕事のメインはメフィーアだが、それだけじゃない。ほとんどオフィスに戻れなくて、君と顔を合わせることができない。そうなると、仕事の進捗状況が把握できないから、俺にとっても都合が悪い」

そう言いながら剣持部長は鏡の前に立って、馴れた手つきでネクタイを結ぶ。

「だから、今日からこっちのマンションを生活の拠点にした。帰るところが同じなら、何かあっても即日対応できるからな」

「あの、それって……一緒に住むってことですか？」

「それ以外の話に聞こえたのか？」

ち、ちょっと待って！　剣持部長とひとつ屋根の下って……。

普通、男女が結婚したら一緒に住むのは一般的だ。彼のことは好きだし、妻になったからには、という気持ちもある。けれど、今まで別居していたのにいきなり密着した生活になると思うと困惑してしまう。

「何ぼさっとしてるんだ。ここが会社から目と鼻の先だからといっても、急がないと遅刻だぞ、俺は先に出る」

部屋のドアを開け、肩越しに振り向いた剣持部長がボソリと呟いた。

「朝食代わりにケーキをいただいた。また作ってくれ。それと……ジンジャークッキーは俺も好きだ」

「え？　わっ！　もうこんな時間！」

時計を見ると、出社時刻まであまり時間がないことに気づく。けれど、最後に言われた彼の言葉に気を取られてしまう。

また作ってくれって、美味しかったってことだよね？　しかも剣持部長もジンジャークッキーが好きなんて……って、そんなこと考えてる場合じゃなかった！　遅刻しちゃう！

剣持部長と話をしていたおかげで朝食を食べ損ねてしまった。

私は忘れ物をしていないかバッグの中を確認する。そして、剣持部長を追いかけるように会社へ向かった。

午前中、メフィーアの新商品である〝ロイヤルクイーンティアラ〟の資料から、とりあえず宣伝アピールポイントだけ引き抜いてまとめてみた。

剣持部長に提出する本命の企画書のほかにも、万が一に備えて代替案をいくつか準備するつもりでいた。

資料によると、ティアラは有名デザイナーを起用してのコラボ商品。派手さのない落ち着いたデザインであることから、二十代後半から三十代後半くらいの女性層をターゲットにして提案してほしいとのことだった。

広告予算は二百億かぁ……。

見上げるような価格だけれど、テレビや新聞、雑誌など様々な媒体を駆使してそれなりに宣伝するとなると当然だ。代理店や制作会社のマージンをはじめ、タレントへのギャラや撮影のための費用など、細かなところで数千万から億単位となる。

それだけの費用をかけても売上に結びつく提案であれば、クライアントも納得してくれるはずだ。

それとコンペで重要なのは、いい提案をすることだけではない。トラブルに見舞われても冷静に判断し、対処できる代理店なのか、という点もアピールしなくてはいけない。

私は資料を見直しながら、メフィーアがどういうコンセプトでこのティアラを消費者に売っていこうとしているのかを考えた。

そして、買い手側はこのティアラを見てどんなふうに思うか……。

このティアラを頭に載せて純白のドレスに身を包みながら真っ赤なバージンロードを歩いている自分の姿を想像する。その先にある祭壇の前で私を待っている人は……。

「りーな！　莉奈！」

「わっ！」

ほわん、と浮かんだ自分の妄想が亜美の呼びかけで一気にかき消される。

「も〜、さっきから呼んでるのに、ぼーっとしちゃって」

「ご、ごめんね」

仕事中！　仕事中！

ちらりと剣持部長を見ると、ちょうどほかの社員と話していて、私が妙な妄想をしていたことには気づいていないようだ。忙しそうなのは変わらないけれど、朝からオフィスにいるなんて珍しい。

「莉奈、メフィーアにリベンジするんだって？　もう、部署内その噂でもちきりだよ」

「う、うん。そうなんだ。今度こそは！って、思ってる。剣持部長にもプレゼンの企画の内容考えるように任されてるし」

するとと、亜美は驚いた様子もなくうんうんと頷いた。

「莉奈なら大丈夫だよ。だから、剣持部長も任せてくれたんだと思う」

そう言ってくれると心強い。やはり持つべきものは心の友だ。

「ところでさ、今夜、影山君と莉奈と三人で飲みに行こうかって話してるんだけど、どうする？　その企画書って急ぎ？」

急ぎではあるけれど、二時間くらい飲みに行ったところでさほど変わりはない。

「大丈夫。私も参加しようかな」

「ほんと？　やった！　じゃあ、仕事終わったら駅前の居酒屋でね」

私は久しぶりに三人で飲みに行く楽しみができると、雑談もほどほどにして再び仕事に向かった。

時刻は二十時。

今日一日、ずっとメフィーアのことだけに集中したおかげで、剣持部長に提出できそうな企画書が三案くらいできた。

亜美はひと足先に居酒屋に行って、席を確保してくれている。影山君は外出先から直接来るようだ。

帰りがけにひと言剣持部長に声をかけようとデスクに寄る。

「お疲れさまです。剣持部長」

彼は真剣な顔でパソコン画面をじっと見つめていた。

「企画書の進み具合はどうだ？」

「もう一度確認して明日には提出できると思います」

「へぇ、さすが仕事が早いな」

私に目もくれずに綺麗な長い指でキーボードをブラインドタッチしている。そんな姿を見ていると、彼はまだ仕事が終わっていないのに自分だけ飲みに行く心苦しさがじわりと湧いた。

すると、いつまでもデスクの横に立っている私を怪訝に思ったのか、剣持部長が手を止めて私をちらりと見た。

「何をしている？　飲みに行くんだろ」

「え？　なんで飲みに行くこと知ってるんですか？」

「ここのオフィスは狭いからな」

何げに聞かれていた会話に恥ずかしさを覚えて、乾いた笑みを浮かべていると、剣持部長がボソリと言った。

「影山も来るのか？」

「はい。そのように聞いてますけど？」

「……ふぅん」

な、何？　今の間は？

なんとなく剣持部長が顔を曇らせている。どうして彼がそんな表情をするのか、私はわからなかった。それに、どことなくイラついている感じにも見えた。

「あまり遅くなるなよ」

ほんの少し早口でそう言うと、彼は再び視線をパソコンに戻した。

「わかりました」

——あまり遅くなるなよ。

剣持部長のそばを離れてオフィスを出ても、その言葉がずっと頭の中をぐるぐると巡っていた。私と剣持部長は夫婦として一緒に住んでいる。ひとり暮らしの時とは違って、誰かが自分の帰りを待っていてくれる。

結婚生活って、こんな感じなのかな……。

そう思うとこそばゆくて、なんだか顔がにやけてしまう。ポケットに手を入れると、そこには結婚指輪がある。会社では内密な関係だからはめられないけれど、自分の気持ちに気がついてからというもの、肌身離さず持ち歩くことにしていた。


目黒駅前にあるいつもの居酒屋に到着し、作務衣を着た女性店員さんに、座敷へ案内されると、すでに影山君の姿もあった。

「ごめん、待たせちゃった？」

「俺も今ちょうど来たとこ。お疲れさん」

そう言う影山君は本当に今しがた着いたようで、スーツのジャケットをハンガーにかけているところだった。

「生中三人分頼んだから。乾杯しよ！　莉奈の外回り営業復帰を祝して」

掘りごたつ式の部屋で亜美の隣に座って足を入れると、ちょうど飲み物と、なんこつ揚げや枝豆といった定番の酒のつまみが運ばれてきた。

こうして三人で飲むのは数ヵ月ぶりだ。お互いに忙しくてなかなか時間も取れなかったけれど、気の置けない仲間と飲んで気晴らしするのはいい気分転換になる。

「はい！　じゃあ、乾杯！」

ガチンと勢いよく三つのグラスがぶつかり合って、こぼれそうになるビールに慌てて口をつける。

「あ〜、仕事終わりの一杯って、やっぱりうまいな」

真っ白なシャツの胸ポケットにネクタイが邪魔にならないよう丸めて差し込んでいる影山君が、爽快なのどごしに身悶えている。

「ねぇ、莉奈ってさ、最近、ちょっと服の趣味変わったよね？」

しばらく他愛のない話をしていると、ふと亜美が私に言った。

「え？　そうかな？」

「そうだよ〜、前はピンクとか黄色とか、明るめの服が多かったじゃない？　宗旨替えでもした？　なんか大人っぽい感じになったっていうかさ」

私の今日の服装は、黒のアンサンブルニットにオフホワイトのプリーツスカートをはいている。亜美に言われて気がついたけれど、確かに最近こういった落ち着いた色味の服を着ることが多くなった。

「もしかして新しい彼氏でもできた？」

ニヤニヤと顔を緩ませながら亜美が私を覗き込む。

「違うよ、彼氏なんていないし」

彼氏どころか、結婚したんです――。

心の中で私はそう言葉を続けた。

「ふぅん」

亜美は何げに私をよく見ている。調子の悪い時にもすぐに気がついて声をかけてくれるけれど、こんな時に察しがいいのも困りものだ。

「ほんと、城田さんってそういう話が好きだよな」

「何よー、モテる男に言われるとなんかムカつくんですけど」

すでにほろ酔いの亜美が、ポリポリとなんこつ揚げをつまむ影山君にブーブー文句を言っている。

「モテる男はほかにもいるだろ、剣持部長とかさ」

影山君の口から剣持部長の名前が出て動揺する。すると、亜美はうんうんと深く頷いた。

「剣持部長は別格だよね～。部署内、いや、社内一のモテる男だよ。フロア違うのに、別会社の女性社員がたまにチラチラ見に来たりしてるじゃん」

　剣持部長がオフィスにいるかどうかの情報網があるらしい。私も、彼が会社にいる時に限って、見慣れない女性社員がキャーキャー言って廊下をウロウロしているのは知っている。けれど、誰も彼に話しかけられないのは、剣持部長のお堅い雰囲気のせいだろう。

「剣持部長はあの仏頂面でよく営業できるなって思うよ。愛想ないし……といっても、外面はいいのかもしれないけどね。正直、俺はああいうタイプ苦手」

「そんなことないよ。剣持部長、あぁ見えても面倒見いいんだから」

　剣持部長に対する影山君の評価に少しムッとしてしまい、私はついそんなふうにフォローしてしまう。すると、自分の意見に賛同を得なかった影山君が面白くなさそうに口を開いた。

「それって松川さんだけになんじゃない？　剣持部長は確かに仕事もデキるし、イケメンだし、そつがないけど、なんでメフィーアのプレゼン企画を松川さんに任せたのかって、男性社員の間では不満に思ってるヤツらもいるんだよ。アカウントエグゼクティブなら、自分で全部やればいいのにさ」

「ち、ちょっと！　影山君、何言ってるの？」

影山君に言われて私は何も言えなくなってしまう。一気に険悪になってしまった雰囲気を、亜美は慌てて取り繕おうとした。

「影山君さぁ、何も今そんな話することないんじゃない？　莉奈だって頑張ってるんだし」

「城田さんも、松川さんがそんなふうに言われてること知ってて黙ってるなんてさ、そういうの偽善だよ」

そうか。なんだ……私、今気がついた。

影山君は、私が外回りの営業をすることに不満を持っている。気に入らない理由は多分、私が以前メフィーアとの契約に失敗したから……だけではない。外回りに復活した私が、剣持部長の営業補佐をやっていることも気に入らないのだ。

今まで疑心暗鬼だったものが、私の中で徐々に明確になっていった。

「私、なんと言われようと今回は汚名返上したいの。影山君が言うように、私がメフィーアのプレゼン企画を任されたことに不満を持ってる人がいるのもわかってるよ」

「じゃあ、なんで――」

「一度任されたことを投げ出したくない、ただそれだけだよ。悪いけど私、絶対コンペで勝ちに行くって決めたの」

影山君の言葉を遮って、私が強い口調でそう言うと、亜美も影山君もうつむいて押し黙ってしまった。嫌な雰囲気が流れて、居心地も悪くなる。

せっかくの飲み会だというのに、これじゃ台無しだ。

「あ〜もう！　こんな話やめよう。ふたりともそんな顔しないでさ、飲もう！」

酔って騒いでいるお客さんの声に煽られるように、わざと明るく振舞うと、亜美も
「そうだね」と笑って追加のビールを注文した。

「松川さん、ごめん……俺、また変なこと言ったね」

そう言って、彼は力なく苦笑いした。私も「気にしないで」と笑顔を見せたけれど、剣持部長が言っていたように、彼は少し厄介かもしれないという疑念は拭えなかった。


そして二時間後。

一時は少しおかしな雰囲気になりかけてしまったけれど、最後のほうは三人で楽しい時間を過ごすことができた。

影山君が先ほどの失言のお詫びにと、お会計をすべて支払ってくれて「また明日」と、手を振りながら駅のほうへ歩いていった。

「私、タクシーで帰る。明日も仕事なのに少し飲みすぎたわ〜。ところで莉奈、彼氏

と別れて、今どこに住んでるの？」

亜美はほんのり赤く色づいた頬を軽くペシペシと両手で叩いて、不意にそんなことを尋ねてきた。聞かれると思っていなかったその質問にギクリとし、剣持部長とのことははぐらかして「この辺だよ」と曖昧に答えた。

亜美がタクシー乗り場に行くなら、私とは逆方向だ。なんとなく店の前のガードレールに寄りかかりながら少し立ち話をする。

「影山君、あんなこと言ってたけど気にしちゃダメだよ？　莉奈は強そうに見えて傷つきやすいからさ」

亜美の気遣いが身に染みる。彼女は本当にいい子だ。

「うん、大丈夫。いちいち気にしてたらキリがないもんね」

私が笑ってみせると亜美は安心したように頬を緩ませた。

「あのさ……」

すると亜美が私から目をそらしたり、うつむいたりして、何か言いたげな様子で口ごもり始める。何か言いにくいことを言おうとしているのがわかって、私はやんわりと「どうかした？」と話を促した。

「影山君に言われたこと……気になっちゃってさ、莉奈が男性社員の不満の的になってる話、実は私も知ってたんだ。黙っててごめん」

亜美がペコリと頭を下げる。そんなこと、私はなんとも思っていないのに。

「なんで謝るの？　もし、その話を亜美の口から聞いたとしても、亜美のこと嫌いになったりしないよ」

「あとね、もうひとつ……黙ってたことがあってね」

亜美が眉を下げ申し訳なさそうにうつむく。そしてしばらくしてから亜美がゆっくりと口を開いた。

「影山君のことなんだけど……一年前さ、莉奈がメフィーアと契約交渉に行く前の話なんだけど」

「え……？」

予想外の話の内容に、私は二、三回瞬いて亜美を見つめた。彼女は今にも泣きそうな顔をしている。亜美がそんな思いつめた表情をするなんて、よほどの話なのだろう。

そう思って、私はどんなことを打ち明けられても受け止める覚悟を決めた。

「なんとなくなんだけど……影山君には気をつけたほうがいいよ」

「……どういうこと？　亜美、なんでもいいから話してくれる？」

「うん、莉奈がメフィーアとの契約に行く数週間前のことなんだけど、私、影山君がミーティングルームで電話してる内容を偶然聞いちゃって。その時『ほかに代理店を紹介します。ちゃんと当てがありますから大丈夫です』とかなんとか言ってたんだ。多分、電話の相手はどこかのクライアントみたいだったけど」

ほかに代理店を紹介する？　当てがあるって？

ライバルに紹介するくらいなら、普通は自分たちのところで請け負ったほうが利益になるに決まっている。その時、影山君が何を思ってそんなことを言ったのかわからないけれど、当てがあるとはいえ、せっかくの仕事をほかに回すなんて。少し妙な感じがした。

考えすぎ……かな。

それに亜美はクライアントみたいだったと言っているけれど、あくまでも憶測で確証がない。

「その数週間後に、莉奈がメフィーアと契約できなくなったから……あの時は考えすぎだって思って気にもとめていなかったけれど……まさか、あのクライアントってメフィーアだったんじゃないかなって」

「そう、だったんだ……」

「私、何度も莉奈に話したほうがいいんじゃないかなって思ってた。でも、影山君は私にとっても莉奈にとってもいい仕事仲間だし、友達でしょ？　変に疑ってる自分も嫌だった……話したって莉奈が傷つくだけだから、自分の中でしまっておいたほうがいいって思ったの」

亜美はずっと今まで黙っていた罪悪感からか、瞳を潤ませてそっと目元を指で押さえた。人一倍気配りのできる彼女は、私や影山君に気を使って、ずっとひとりで疑念を押し殺し、抱え込んでいた。そう思うと、やるせない。

「でもね、今日の飲み会で影山君の莉奈に対する態度がやっぱり変だなって思ったから、このこと話しておいたほうがいいって思った。莉奈……影山君って、もしかして変なことに首突っ込んでないよね？」

亜美の視線は『否定してほしい』と私に訴えかけている。私も、そんなことないよ、と言いたい。それに疑わしきは罰せず、という言葉があるように、証拠がない限り影山君を責めることはできない。

「亜美、話してくれてありがとう。ずっとつらかったね……」

とにかく今は亜美に安心してもらいたくて、私はそっと彼女の肩を抱き寄せた。すると、亜美はようやく解放された安堵感からか、しくしくと泣きだした。

「影山君のことは、しばらく考えないようにしよう。ね？」

そう言って笑いかけると、亜美もうんと頷いて頬を緩ませた。

亜美に影山君の話を聞いてから数日間、私はそのことで頭が埋め尽くされてしまった。剣持部長からは何度も企画書のリテイクをされ、仕事に集中していない証拠だと怒られる始末。

仕事の効率化を図るために剣持部長と同居を始めたものの、私のほうが早く帰ってきて疲れて先に寝てしまい、そのあとに彼が帰宅。そして朝は剣持部長のほうがひと足早く家を出るために、すれ違いの日が続いている。

それに剣持部長はとにかく出張が多く、オフィスで顔を合わせるのもひと苦労だ。

そして今日の午後、ようやく剣持部長の時間が取れるとのことで、ふたりでプレゼンに向けて少し話し合いをすることになった。

誰もいない会議室。

仕事とはいえ、久しぶりに剣持部長とふたりきりという空間に緊張していると、彼の長いため息が部屋に響く。

「漠然としているな、これじゃダメだ。ターゲットが二十代後半から三十代後半と言われているが、もう少し具体的に、どういった人へ的を絞るのか掘り下げてくれ。それから――」

次から次へと剣持部長の冷静なダメ出しが繰り出されて、懸命に考えた企画書がボコボコにされていく。

「わかりました。少し考え直してみます」

けれど、打たれ強いのは私の長所だ。へこんだ顔なんて見せてる場合じゃない。剣持部長にそう言うと、彼も少し表情を和らげて頷いた。

「俺はこの契約を絶対に繋ぎたいと思っている。必ずだ。せっかくいい企画でも、相手から突っ込まれたら、それだけでマイナスになってしまう。俺の言っている意味はわかるな？」

「はい」

剣持部長の言っている意味、それは〝完璧〟な企画書を持ってこい。そういうことだ。そして会議の時間だからと言って彼はすっと席を立った。

「剣持部長、私、頑張ります。絶対に契約取りましょうね」

「あぁ、期待している」

部屋を出ていく手前でそう声をかけると、彼は肩越しに振り向いてほんの少しだけ笑顔になった。いつもは毒舌だけど、こんなふうに笑う彼が好きだ。

「……それと」

するど彼はひと言付け加える。

「君、何か考え込んでいることがあるだろう？　ない、はずはないよな？」

考え込んでいること……もしかして、影山君のこと？

あまり考えないようにしようと亜美に言っておきながら、剣持部長に見透かされてしまうほど、顔に出ていたということだ。だから企画書にも影響が出ていると言われているようで、気まずさを覚えてしまう。

「今夜は早く帰れると思うから、その時に話は聞こう」

そう言って、剣持部長は私の返事を待たずに部屋を出ていった。

はぁぁ、私のバカ。剣持部長に余計な気を使わせちゃった。

脱力しながら長机に突っ伏すと、私は長い息をこぼした。

彼が笑ってくれるなら、どんなにつらくても頑張れる気がする。それに、今夜は剣持部長とふたりの時間が過ごせる。そう思うと、俄然やる気が出てきてむくっと身体を勢いよく起こした。

オフィスに戻って自分のデスクに着くと、私はリテイクされた企画書を確認してみた。剣持部長が言うように、ターゲットの年齢層を具体的にすることで、宣伝の仕方も変わってくる。

どういった人に……か。

パソコンの画面に映し出された文書の項目に、『具体的なターゲットの年齢層』という項目を増やしてみたものの、なかなか思いつかない。

実際に花嫁になった人から何か話を聞ければいいんだけど……。

結婚していても、綺麗に着飾って花嫁になった経験はない。だからイマイチいいアイデアが思い浮かばない、というのは言い訳だけど。

スマホに登録されている既婚者の友人の名前をスクロールしてみる。すると、〝松川美奈(みな)〟という名前が出てきて手を止めた。

そうだ！　この人がいたじゃない！

松川美奈、現在の苗字は武田(たけだ)になった実の姉の存在を思い出して、私はさっそく彼女に【取材をさせてほしい】とメールを送った。

切ない抱擁

今日の仕事を終え、私はひと足先に帰宅して、リビングのテーブルでひとりパソコンに向かっていた。

時刻は二十二時。

——今夜は早く帰れると思うから、その時に話は聞こう。

剣持部長の早く帰れるという時間は、一体何時のことなのだろう。そんなことを思いながら、私は一向に進まない企画書とにらめっこしていた。

するとその時、玄関のほうから物音がして剣持部長が帰ってきた。

「お、お帰りなさい」

「ただいま」

今まですれ違いだったため、なんとなく新婚夫婦らしい雰囲気に気恥ずかしくなってしまう。

けれど、そんな私とは違い、彼はいたって普通で、ジャケットを脱ぐとソファの背もたれにバサッと無造作にかけた。ネクタイを緩める剣持部長の表情は、どことなく疲れている。

「今日は夕方から接待だったんですよね？　どうでしたか？」

「どうもこうも、延々と長話に付き合わされて……もっと早く帰る予定だったんだが」

接待は多分、剣持部長が一番嫌いな仕事のひとつだ。先方のご機嫌を取って作り笑いをするのも疲労になる。彼は深く息をつくと、そのままソファにもたれかかった。

「気にしないで、今やっていることを続けてくれ」

そうはいっても、疲れ果てた彼に何かできないかと考えてしまう。

「コーヒーでも淹れましょうか？　ちょうど私もひと息入れたかったので」

「あぁ、すまない。頼むよ」

剣持部長とふたりきり。彼と結婚して一緒に住んでいるなんて会社の人が知ったらどう思うだろうか。これは、私たちだけの秘密だ。そう思うとなんとなく妙な気分になった。

「お待たせしました。ブラックでいいんですよね？」

「え？　あぁ、よくわかったな」

剣持部長はいつもブラックしか飲まない。オフィスで見ていれば自ずとわかる。

自分の剣持部長への気持ちを自覚してからというもの、仕事をしつつ自然と彼を見ていた。彼は全く気がついていないと思うけれど。

「今、企画書の再検討中なんですけど、私の姉に取材してみようかと思ってるんです」

私もコーヒーを片手に剣持部長の横に腰掛けた。彼に寄ると、いつも爽やかなオーシャンブルーのフレグランスがほんのり香る。こうしてふたりで座っていると、本当に居心地がいい。

「取材?」

コーヒーをひと口飲むと、取材が必要なのか?と言いたげに、剣持部長は不思議そうに私を見つめた。

「私の三つ上の姉なんですけど、結婚式の時にやけにティアラ選びにこだわってたんです。だから、実際に花嫁になった人の気持ちを聞いてみたくて。どんな思いでティアラを選んだのか、とか……少しは企画書の参考になるんじゃないかと思って」

「なるほど。消費者側の意見を取り入れるのはいい心がけだ」

剣持部長なら、なんとなくそう言ってくれるような気がした。褒められた気になって、少し浮かれてしまう。

「その取材はいつだ?」

「それが、まだ返事をもらってなくて……」

勝手に取材をすると決めてしまったけれど、肝心の姉の都合はまだ聞いていない。またひとりで突っ走ってしまった。

「相手の都合がどうかもわからないのに、どうするんだ？　あまり企画書作りに時間はかけられないぞ」

「多分、明日には返事が来ると思うんで、大丈夫ですよ」

姉はメールの返信に関しては即日ではないことが多々ある。いろいろと忙しいのもあるけれど、返信が遅いのは彼女の性格だと思う。

「とにかく、週明けに最終的な企画書を見せてくれ、そこから詰めていこう」

「わかりました」

「ところで……」

企画書の段取りの話が終わると、剣持部長が話をやんわりと切り替える。

「君は仕事中にぼんやりしていることが最近増えたな。俺が見ていないと思ったか？」

「そ、そんなことは……」

ない、と言いたかったけれど、やっぱり先日の亜美の話が尾を引いていて、確かに心ここにあらずと思われても仕方がない。

「すみません、集中します」

「何か話したいことがあるんじゃないのか？」

　今夜の本題はここからだ。私は、亜美から聞いた影山君のことを剣持部長に話すべきか迷っていた。

「たいしたことじゃないんですけど……」

　影山君がミーティングルームで電話していたのを亜美が聞いた話は、まだしないほうがいいよね……証拠もないし。剣持部長に余計な心配かけたくないし。

　うつむいてミルクの入ったコーヒーをじっと見つめ、どうやって切り出そうか言葉を考えてしまう。剣持部長は口を挟まないように配慮してくれているのか、私が話しだすまで無言のままだった。

「先日、亜美と影山君と三人で飲みに行った時に、影山君が私に突っかかってきたんです。私が今の仕事をしていることに対して、快く思っていないみたいで」

　声のトーンを落として言うと、剣持部長は目を細めて少し表情が険しくなった。

「それを君は気にしているのか？」

「いいえ。一度任された仕事はやり遂げるつもりだし、絶対に勝ちに行くって言いました」

「そうか、ならいい」

淡々としているけれど、剣持部長は私の話を真剣に聞いてくれていた。

もし私がそういうふうに言われたのが原因で落ち込んで、悩んでいるとしたら、そんなことを気にする私に失望するかもしれない。そんなメンタルが弱くてどうするんだ?と言われるのが目に見えている。自分で言っておいて少し後悔していると、剣持部長がため息混じりに口を開いた。

「まぁ、確かにそう言われたら気になるのはわかる。だが、今、君が集中しなければならないのはなんだ?」

剣持部長が手にしていたコーヒーカップをテーブルにそっと置くと、私に向き直ってまっすぐな視線を向けた。

「企画書です」

「わかっているじゃないか、影山のことを考えるのは、企画書が通ってからでもいいだろう」

「……はい」

どことなく剣持部長がイラついているようにも見える。目は少しも笑っていなくて、なんだか態度も冷たい。

「影山に言われたことを気にして、企画書がお粗末にならないようにしてくれ」

いきなりそんな棘(とげ)のあることを言われて、私はついムキになってしまう。

「そんな！　確かにまだ不充分な企画書ですけど……それと影山君のことは関係ありません！」

「ふぅん、それはどうかな」

「どういう意味ですか、それ」

徐々に刺々しい雰囲気が部屋の空気までも澱(よど)ませる。私が影山君にうつつを抜かして仕事を疎かにしているとも取れる発言に、ふつふつと怒りが湧いてきた。

「余計なことを考えている暇はないはずだ」

剣持部長が冷たく言い放つと、私は冷静さを欠いてついに怒りが爆発してしまった。

「話を聞くって言ってくれたから話したのに！　剣持部長、言動が矛盾してますよ」

彼がギロリと鋭く私を睨むと、その視線が私の心を深く抉った。

そんな目で私を見ないでほしい……。

「話を聞くと言ったが、くだらない内容は時間の無駄だ」

「くだらないって……」

「こうして君と言い合いをしているのも、無駄な時間ということだ」

無駄な時間って……何それ、ひどい！

親身になって話を聞いてくれると思っていたのに……。

裏切られたと思うと、心の底の不満が堰を切って溢れだした。

「剣持部長って、ほんとに自分勝手な人ですね！　この際だから言っておきますけど、結婚のことだってそうですよ」

「なんだって？」

「剣持部長は女除けのためだけに結婚したかもしれませんけど、私にだってちゃんと式を挙げて、とか……そういう夢はあったんです！　もう今さらですけど」

企画書がうまくいかないイラ立ちと、剣持部長の態度に怒りが爆発してしまった。こんなこと言うつもりじゃなかった。怒りにまかせて結婚のことを引き合いに出してしまったと、私は後悔した。

私の小さな夢なんて、どうせ彼にとってはくだらないことのひとつに決まってる。

すると、剣持部長は険しい顔でしばらく黙っていたけれど、すっとソファから立ち上がった。

「結婚式なんて時間と労力の無駄だ。効率が悪いし、君も〝結婚〟だけがしたかったんだろう？　だったら式なんてなおさら不必要だ。なんの意味がある？」

氷のように冷たくそう言い放つと、彼は私に振り向くことなく自分の部屋へ戻ってしまった。

——結婚式なんて時間と労力の無駄だ。

こっそり大切に育てようと思っていた、剣持部長に対して芽生えていた感情を、思いっきり踏みつけられた気がした。私は何も言い返せずに、ただ、唇を噛みしめた。

どうして？　なんでそんなこと言うの？　私、彼を怒らせてしまった？

立ち去った彼の冷たい態度に呆然となってしまう。影山君のことを話して、優しい言葉をかけてもらいたかったわけじゃないけれど、心のどこかでそれを期待していた自分が滑稽に思えた。

話さなければよかったのかな……でも、あんな言い方しなくたっていいじゃない！

あぁ、結婚のことなんて言わなければよかった。

そう思うと、後悔とともにだんだん腹が立ってきた。こんなむしゃくしゃした気分でパソコンに向かってもしょうがない。

私は電源を落としたパソコンをバタンと勢いよく閉じると、シャワーを浴びてすっきりすることにした。

剣持部長とのことを引きずって、モヤモヤしたまま次の日の朝を迎えた。

朝日に照らされた東京の街が、窓の外に広がっている。

美しく一日が始まろうとしているのに、私の気持ちはどんよりとしていた。

服に着替えてリビングに出ると、彼はすでに出社したようで、使ったグラスがシンクに置いたままになっていた。いつもは綺麗に片付けていくはずだけれど、よほど急いでいたのだろう。

も〜、自分が使ったグラスくらい洗ってよね。

朝からプリプリしながら会社に持っていくバッグに財布やスマホを入れていると、メールが入った。こんな早くに誰だろうと思って受信箱を開くと、姉からだった。

【返事遅れてごめん、体調崩してた。今日なら時間あるよ。取材楽しみにしてるね】

待っていた姉からのメールにさっそく返信して、今日、仕事が終わってから会う約束を取りつけた。


時刻は二十時。

朝から忙しない一日だったけれど、久しぶりに姉と会うべく残業しないでなんとか仕事を終わらせることができた。

姉とは新宿南口の改札を出たところで待ち合わせている。彼女の職場は池袋にあるから、ちょうど中間地点だ。

剣持部長のことで朝は悶々としていたけれど、そんなことはすぐに忘れてしまうほど、今日は忙しかった。週明けまでに完璧な企画書を出さなければ、今度こそ仕事を降りてくれと言われかねない。

剣持部長はというと、午前中はオフィスにいたけれど、午後から出かけてしまった。彼とは仕事以外の会話はしていない。なんとなく剣持部長と険悪な雰囲気のままというのが心苦しかった。早くこのモヤモヤとした気持ちをすっきりさせたい。

剣持部長も同じことを思ってくれていたらいいんだけどな……。


私が新宿の南口に到着すると、昼頃までは雲ひとつない天気だったのに、今は分厚い灰色の雲に覆われていた。梅雨入りしたせいか最近天気が不安定な日が続いている。

それにしても、いつ来てもここは人が多い。改札で待ち合わせといっても、改札のどのあたりで待ち合わせるかまで決めておかないと探しきれない時がある。

姉の身長は私とさほど変わらないけれど、容姿は私と全く似ていなくて美人だ。色白でぱっちりとした目も可愛くて、うらやましいくらいにパーツが整っている。髪型は背中まで伸びている栗色のストレート。笑うと口の端に可愛らしいえくぼができる。

しばらく花屋の前で待っていると、笑顔で近づいてくる姉の姿を見つけた。

「お待たせ！　久しぶりだね、元気？」

「うん、お疲れさま、今日は忙しいのにありがとう。体調はもういいの？」

「もう平気。仕事もここ最近は落ち着いてるんだ。会いたかったよ〜」

お姉ちゃん、元気そうでよかった。

私の姉は東京で就職するために上京し、今は製薬会社の秘書課に勤務している。同じ会社の営業部主任と二年前に結婚して、最近、世田谷に念願だったマイホームを購入した。順風満帆の中、仕事やら引越しやらで忙しそうだ。

左の薬指には、キラキラとまだあまり傷のない結婚指輪が輝いている。

「私の知ってる居酒屋を予約しておいたんだ。そこでいい？」

「え？　予約してくれてたの？　ありがとう」

姉は昔から、なんでも先回りして準備してくれたり手配してくれたりと、気の利くタイプ。ちょっとルーズな部分もあるけれど、私と比べたらよくできた人だ。

姉の予約してくれた居酒屋は駅のすぐそばにあった。小さなビルの三階へ上がって、ドアを開けると、「いらっしゃいませ」と店員さんが出迎えてくれた。

わりとこぢんまりとした店で、仕事帰りのお客さんが十人ほど入っていた。あまり騒がしくなくて、話をするにはちょうどいい。カーディガンを脱いで落ち着くと、とりあえず飲み物を頼んだ。

「この店、隆人さんとたまに来るんだ。お酒のつまみがどれも絶品なの」

隆人さんというのは、姉の五つ上の旦那様で、スーツのよく似合うキリッとしたカッコいい人だ。頼んだビールが来て、ふたりで久しぶりの乾杯をする。

「お姉ちゃん、家はもう落ち着いたの？」

「うん、大体ね。共働きだから平日はなかなか時間取れなくて、週末で一気に片付けた感じ？　それでね、いつかワンコ飼いたいな～なんて話してるんだけど、隆人さんは猫がいいって言うの。でもせっかくの新築なのにバリバリにされたら困るし……」

「う、うん」

姉と私の大きな違い。それは話好きという点だ。姉はいったん話しだすと止まらないので、私はいつも聞き役に徹していた。けれど、彼女の話にはなぜかいつも興味をそそられるから不思議だ。

私は次々に運ばれてきた肉じゃが、ベーコンチーズやサラダなどをつまみながら、姉の話を聞いていたけれど、今日の目的はこれではないことを思い出す。

「そうそう、今日取材したいって言ってたのはね……」

　本当はメフィーアの資料を一緒に見てもらいたかったけれど、未発表のものを関係者以外に見せるのはルール違反だ。だから、既存の物が掲載されているパンフレットを姉に見せることにした。

「あ！　これ、メフィーアのティアラじゃない？　私の結婚式に使ったティアラもメフィーアのだったんだよ」

「え！　そうだったんだ！」

　結婚式の時のティアラがメフィーアのものだったとは知らなかった。確かにいろんな店と比べて長い時間かけて吟味していたみたいだったけれど、メフィーアのティアラを購入していたとは偶然だ。

「お姉ちゃんがメフィーアのティアラを買う決め手になった点って？」

「うーん、そうねぇ……いろんな店を見て回ったけど、メフィーア以外は結構派手めなデザインのものが多かったんだよねぇ。でも、そういうのじゃなくて親しみやすいデザインのティアラが欲しかったの」

「親しみやすい……？」

　私は姉の言っていることをメモに取ろうと、記者のように手帳とペンを取り出して話に食いつく。

「結局私が買ったティアラは、初めシンプルで地味なイメージだったの。だからこそ気軽に手に取りやすかったっていうのもあるけど、逆にそういうのって親近感も湧くし、実際手に取ってみたらだんだん現実的に思えてきてね。私、結婚するんだぁって」

そういえば、姉のティアラはパールがほどよくついていて、細身であまり飾りけのないものだった。少し控えめじゃないかと思っていたけれど、姉なりに買う時そんな思いを抱いていたのだ。

親近感の湧くティアラか……それだ！

メフィーアが発表しようとしているティアラも、そんなに派手なデザインじゃなかった。親しみやすさはメフィーアのオリジナルなのかもしれない。だったら、売りのポイントはそこだ。

なるほどなるほどと、企画書に書けそうな内容をつらつらメモに取る。

「ねぇ、それより莉奈のほうはどうなの？　あの同棲してた人とはどうなったわけ？」

メモに夢中になっていると、姉に思わぬことを尋ねられて、ペンが止まる。

そ、そうだった……。まだ姉には何も話していなかったんだった。

慎一と別れてからもう一ヵ月以上は過ぎている。その間、本当にいろんなことがありすぎて、何から話せばいいのやら、と言葉に詰まる。

「実は、慎一とは別れちゃったんだよ、一ヵ月くらい前に」

「ええっ⁉」

姉の声に店にいたお客さんが驚いて注目する。姉はそんな周りのことなどおかまいなしだ。

「別れちゃったって？　どういうこと？　今度こそ結婚するって思ってたのにぃ」

すでに三杯目のビールをグビグビ呷る姉は、もうほろ酔い気分になっていた。

「お母さんからこの前電話かかってきたけれど、いつまで経っても莉奈は結婚しないしって、心配してたんだからね」

はぁ、だんだんよからぬ方向へ話がずれてきている。ぐだぐだと姉の愚痴を聞くのも嫌だ。だからつい勢いで言ってしまった。

「じ、実はね……」

「うん？　また新しい彼氏できた、とか？　今度はどんな――」

「私、結婚したの」

姉はどんなビッグニュースが私の口から飛び出すのかわくわくしているみたいだったけれど、想定外すぎる私の発言にぽかんと口を開いて固まった。

「け、結婚したって……ええっ⁉」

案の定のリアクションに、私は姉の顔を見られず、両手を両膝に載せながらうつむいた。

「何それ、冗談じゃないよね？」

「うん、私も冗談であってほしいって……思ってたけどね、ほら」

私はポケットに入れていた指輪をはめて姉に見せた。きらりと光るその指輪に、姉の目は釘付けになっている。

「莉奈、いくら結婚できないからって、まさか妄想と現実が区別できなくなっちゃったんじゃ……」

姉は私の話を聞いて、とうとう自分の妹が妙な方向へ行ってしまったのでは？と疑いの眼差しを向けてきた。

確かに信じられなくて当然だよね……だって、こんなこと普通じゃないし。

自分が酔った勢いで上司と婚姻関係を結んでしまったなんて言ったら、姉は頭に血を上らせて倒れてしまうかもしれない。けれど、母はともかく姉にだけは、自分が結婚したことを話しておこうと思った。

そして、剣持部長との出会いから今に至るまで、姉に根掘り葉掘り聞かれるハメとなった——。

「……はぁ」

ひと通り話を聞き終わった姉は、重く長いため息をついた。そのため息から、いまだに頭の中が混沌(こんとん)としているのだという意図が伝わってくる。

「怒ってる……よね？」

すっかり酔いがさめてしまった姉は、しばらく無言でうつむいていた。そんな姉に、何も声をかけられなくて沈黙だけが過ぎていく。すると。

「その人のこと、初めは嫌だったかもしれないけど……今は好きになっちゃったんでしょ？」

「え？」

姉はうつむいていた顔をすっと上げると、意外にも表情を和らげていた。怒られると思っていたから、なんとなく拍子抜けしてしまう。

女の勘というのは時に鋭く恐ろしい。言葉に詰まっている私を見て、姉は「図星なんだ」と言ってニッと笑った。

「怒るも何も、もう結婚しちゃったなら仕方ないじゃない。今だから言えるけど……実は私、初めは隆人さんのこと大嫌いだったの」

あんなにラブラブなのに、隆人さんのことが嫌いだったなんて想像もつかない。

今は愛する旦那様になった隆人さんとの出会いを懐かしむように、姉はしみじみと話を続けた。

「俺様だし、強引だし、勝手だし、絶対こんな人好きにならないって思ってたけど……不思議と目を引く人で、いつの間にか好きになってた。話を聞く限り、莉奈のケースとは違うかもしれないけど、気持ちなんてあとから追いついていくこともあるんだよ。現に莉奈だって、その彼のこと好きなんでしょ？」

姉は腕を組んだ両肘をテーブルについて、ぐいっと前のめりになる。覗き込んでくるその目に、私はごまかすことができなくなってしまった。

「うん、好き……になっちゃったみたい。でも、そんなこと彼に言えない。だって、女嫌いだし、それに……昨日怒らせちゃったみたいで……」

ふと、彼とは険悪な雰囲気だったことを思い出して、そんな姉の笑顔に応えられずに気持ちがへこんでしまう。

あまり自分のプライベートは話さないほうだけれど、私もいい感じにお酒に酔っていたことを言い訳に、ペラペラと昨夜のことまで口にしてしまっていた。姉はうんうんと頷いて、私の話を最後まで聞き終わると。

「……うーん、そりゃ怒るかもねぇ」

フライドポテトをもそもそと食べながらぽつりと私に言った。姉に剣持部長の気持ちがわかることが意外で、私は思わず「え？　なんで？」と食いついた。

「男って、結構自分勝手な生き物だよ」

男という大きな括りじゃなくても、剣持部長は確かに自分勝手だ。気まぐれに優しくしてきたり、キスだって……。けれど、剣持部長の機嫌が悪くなったことと、自分勝手というのがイマイチ結びつかない。すると姉がふふっと笑って続けた。

「自分以外の男の話をされてへそ曲げちゃったって感じ？　ほかの男のことで、莉奈が頭を悩ませてるっていうのが気に入らなかったんだと思うよ。すごくクールそうに見えても、感情のコントロールができなくなるくらい、彼、意外と莉奈のこと気にしてるかも？　結婚式のことだって無意味だとか言ってる人に限って、いざという時に結構こだわるんだから」

「え？　絶対そんなことないよ、だって……私たち気持ちのない結婚だし」

お姉ちゃん、私があまり落ち込まないように気を使ってくれてるんだよね。

そう否定するけれど、姉はにこやかに笑って再びビールを呷った。

「莉奈、結婚って幸せなことばかりじゃないよ？　その人のこと好きになったなら、相手のことをもっと知らなきゃ。自分の思い込みだけで解決できることなんてないんだからさ」

「うん、そうだね」

姉は結婚するまで付き合った人はそんなにいなかったはずだ。けれど、隆人さんと出会って結婚してからすごく大人の女性になったような気がする。まるで酸いも甘いも噛み分けたような。

「お姉ちゃん、隆人さんとどうして結婚したの？」

唐突で意外な私の質問に、姉は少し驚いた顔をした。そして、優しく笑うと言った。

「どんなことがあっても、この人と一緒ならなんでも乗り越えられるって思ったからかな？　隆人さんは、生まれ変わってもまたこの人といたいって初めて思える人だった。だから、莉奈も好きになった人がそんな人だったらいいなって思ってるよ」

姉は恥ずかしそうにほんのり顔を赤らめた。妹の私が言うのもなんだけど、こんな可愛く笑う女性なら、隆人さんも好きにならないはずがない。

姉の言葉は私の胸に、深く深く染み渡った。

――どんなことがあっても、この人と一緒ならなんでも乗り越えられる。

――生まれ変わってもまたこの人といたいって思える。

かたちだけの結婚だけど、剣持部長ともっとプラトニックな部分で繋がることができるのだろうか。

「とにかく、莉奈と彼が歩み寄ることができればうまくいくよ、もう夫婦なんだから。あ、でもお母さんには秘密にしておくね。結婚した理由聞いたら卒倒しちゃうかも」

「うん、そうだね。ありがとう」

ふたりともグラスが空いていることに気がついて、もう一杯いけるでしょ？という姉の視線に私は笑顔で頷いた。

理解ある姉に感謝しつつ――。


お互いに明日も朝早くから仕事ということで、二十二時を少し回ったところでお開きになった。姉の話を思い返しながら目黒駅の改札を出ると、ぽつぽつと雨が降ってきた。

あぁ。タイミング悪……降りそうだなとは思っていたけどね。

そうこうしているうちにどんどん雨足が強まり、気がつけばあっという間にコンビニや売店のビニール傘が飛ぶように売れてなくなってしまった。

毎朝テレビで天気予報だけはチェックして会社に行く。けれど、どうしても今朝は目覚めが悪くて、テレビをつける気にもならなかった。だから、今夜から雨という予報を聞き逃してしまったのだ。スマホの天気予報ではまだ曇りだったのに。

仕方がない。帰るだけだし、濡れてもいいか。

意を決して踏み出そうとしたその時だった。すっと背後から大きな影が伸びてきて私を覆った。何かと思って見上げると……なぜか黒い傘が頭の上にあった。

え？　傘？

「濡れるだろ、風邪でもひいたらどうする。本当に君は考えなしだから困るな」

突然降ってきた低い声に驚いて振り向くと、そこには会社帰りの剣持部長が仏頂面で立っていた。

「剣持部長……ぐ、偶然ですね、今帰りですか？」

「そうだ。ほら、ここにいてもしょうがないだろう。行くぞ」

歩きだす彼に続いて、私も傘の下へ入るように身を寄せる。雨の雫が跳ねると足元が濡れて不快だった。

夜になってぐっと気温が下がり、ブラウスに薄手のカーディガンだけという格好では少々肌寒く感じる。身体をかき抱くようにして歩いていると、剣持部長はそんな私に歩幅を合わせ、気遣って歩いてくれているようだった。

昨日のこと謝ったほうがいいのかな？　企画書に集中していなかったって思われても仕方ない書類だったし……それに、いつまでもこんな雰囲気じゃ息が詰まりそう。

無言のままあれこれ考えていると、あっという間にマンションにたどり着いてしまった。

「ありがとうございます。傘を持っていなかったので助かりました」

マンションのエントランスで傘を振って水気を飛ばしている剣持部長にお礼を言う。

「外回りをするなら、傘は必需品だろう？」

確かに彼の言う通りだ。前に外回り中に突然雨が降ってきたことがあった。濡れたままで先方のところへ行くのは忍びなくて、わざわざ上から下まで全部買い直したのをふと思い出す。

まだ昨夜の言い合いが尾を引いているのか、剣持部長はなんとなく素っ気ない。

何を話すでもなくエレベーターに乗る。そして部屋に入ると、自動で点灯した玄関ライトに照らされて、剣持部長の右側半分がずぶ濡れになっていることに気がついた。

剣持部長、もしかして私が濡れないように傘を寄せてくれてたの……？

そのさりげない彼の優しさに、鼻の奥がツンとする。

「剣持部長……私」

どんなことを言われようと拒否されようと、法律上だけの夫婦だったとしても私は彼が好きだ。思い余って私は、何を突っ立っているんだ、とでも言いたげな様子で私を見つめる剣持部長にしがみついた。

「なっ……何をしているんだ、君の身体が濡れるだろう」

咄嗟の私の行動に剣持部長が困惑している。

「昨日は、すみませんでした。ついカッとなってしまって……結婚式がどうのこうのって話も忘れてください」

すると、彼の小さなため息が聞こえてふと顔を上げる。

「いや、謝らなければならないのは俺のほうだ。すまない。話を聞くと言っておきながらあんな言い方を……君の言う通り、言動が矛盾していた」

ためらいつつも剣持部長の手が私の肩に載せられる。そしてしがみつく私に応えるように、手を背中に回してその腕でギュッと私を引き寄せた。

「……正直言うと、俺は嫉妬していたんだ」

「嫉妬……？」

剣持部長が嫉妬って？　どういうこと？

見上げると、彼はバツが悪そうに顔を歪ませて、ほんの少し唇を噛んでいる。

「結婚していても、ほかの男に取られるんじゃないかって……バカなことを考えてしまった」

「え……?」

「みっともない男だろ? 独占欲の強さに自分でも呆れているくらいだ。だけど、今だけ許してくれ……こうして君を抱きしめることを」

剣持部長は切なげに言葉を吐いて、私の返事も待たずに両腕いっぱいに力強く抱きしめた。

私は彼の妻だ。許しを乞う必要なんかないのに、どうしてこんなに苦しげで切なそうな顔をするのかわからない。抱き合うことで行き交う熱に、どうしようもない歯がゆさを感じずにはいられなかった——。

運命のコンペ

先日、メフィーア新商品の競合コンペの日程が正式にメールで通達され、勝負の日が三日後に迫る中、私と剣持部長は企画書を詰めるラストスパートに入っていた。

営業部の社員と専務も交え、コンペに向けての会議を綿密に何度も行った。

剣持部長とひとつ屋根の下での生活では、朝、お互いに早く起きて一緒に案を練ったり、仕事が終わってから話し合ったりと、毎日顔を合わせることができたため、剣持部長が初めに言っていた通り効率よく仕事が進んだ。

とくに姉から聞いた話を元にした、〝親しみやすいティアラ〟というキャッチは剣持部長も気に入ってくれて、最終的に出来上がった企画書を高く評価してくれた。

コンペはオリエンテーションとは違い、数々のライバル社の中から選ばれなければ意味がない。あとは剣持部長がコンペで、メフィーアを魅了できるようなプレゼンをしてくれることを祈るだけだ。

競合他社とのコンペの中、何万人と従業員を抱える大企業のトップ層に向けてのプレゼンはプレッシャーだし、期待も高まるけれど、彼ならきっと採用を勝ち取ってくれると信じている。

企画書の制作が一段落すると、私の仕事はいったん落ち着いた。そんな私とは逆に、剣持部長が本格的に忙しくなるのはこれからだ。企画書にあるだけのことをプレゼンしても、コンペでは勝てない。万が一、先方に何か質問されても納得がいくように答えなければならないし、不安を与えるようなことでは信頼関係は築けないからだ。

剣持部長はそのために、資料を見比べたり、発表に必要な情報を集めて、今夜もリビングでパソコンと向き合っていた。二十二時頃に帰宅してきた彼だったけれど、ジャケットを脱いでネクタイを外したままの格好で、時折小さくため息をついて目頭を親指と人差し指で押さえ込んでいる。

ただでさえ山のように仕事を抱えているのに、疲労の滲んだ顔を見ていると、居ても立ってもいられなくなってしまう。

「あまり根を詰めないでくださいね。何かお手伝いできることがあったら言ってください。あ、コーヒー淹れますか?」

「あぁ、頼む」

こんなことしかできないなんて、なんだかもどかしいな……。

そんなふうに思いながら、コーヒーメーカーの電源を入れてカップを用意する。

剣持部長の背後には、今夜も綺麗に街の夜景が広がり瞬いていた。その時。

彼がキーボードに指を滑らせていると、そのタイピングの音を遮るように剣持部長のスマホが突然鳴った。その音にいったん手を止め、鞄から取り出すと、画面を見た剣持部長の目がすっと細められた。

「悪い、ちょっと電話してくる。影山からだ」

時刻は二十三時。

こんな時間に電話をかけてくるなんて、よほど急ぎの用件なのだろう。剣持部長は着信を取りながら自室へ向かい、すぐに戻ると目で合図してドアを閉めた。

なんとなく嫌な予感を抱きつつ、コーヒーを注いだカップにミルクを入れてかき混ぜていると……。

「なんだって？　おい、なぜそれを今頃になって言うんだ⁉」

ひと際大きな剣持部長の声がリビングにまで聞こえて、私は思わずコーヒーをかき混ぜる手を止めた。いつも冷静沈着なのに、声を荒げるなんて彼らしくない。緊迫した空気がリビングにまで伝わってきて、一体何を話しているのか気になってそわそわしてしまう。

そしてしばらくすると静かにドアが開き、剣持部長がげんなりした表情で部屋から出てきた。

「あ、あの……」

テーブルにコーヒーを持っていくと、剣持部長が力なく笑って冷静さを取り戻すようにそれをひと口飲んだ。そして椅子に座ると、両肘をついて組んだ手を額に押しつけたまま、深く息づいた。

「一体どうしたんですか？」と、すぐにそう声をかけたかったけれど、彼の困惑した様子にそれも憚られる。

「先方が広告予算額を一億ほど削減したいと言ってきたそうだ」

「えっ！　一億……」

当初、予定していた二百億でほぼ企画書は出来上がっているというのに、今さらな話だ。二百億から一億減らしたところでたいした影響はないと思いたいところだったけれど、細かいところで帳尻が合わなくなってしまう。だからこそ剣持部長は唇を固く結んで深く考え込んでいた。

「予定変更があるにしたって、連絡してくるの遅くないですか？」

「あいつがいつ先方から連絡をもらっていたかはこの際どうでもいい。とにかく、企画書の修正が先だ」

イラ立ちを隠さず顔をしかめ、剣持部長はもう一度企画書に目を通し始めた。

どんなトラブルがあっても、彼はいつだって余計なことを考えず最善を尽くす。私だったら慌てふためいて、どうしよう、どうしようとパニックになっているだろう。

とにかく、コンペまでに先方の希望通りのものを作らなきゃ！

このコンペに必ず勝ちに行くと彼が言っていたように、私も同じ気持ちだ。この壁を越えられれば、私は変われる。だからどんな逆境にも負けるわけにはいかない。

「剣持部長、企画書を私にも見せてくれませんか？　削減できそうな箇所を洗い出してみます。ひとりで考え込むより、ふたりでなんとかしましょう」

こんな時だからこそ笑顔、笑顔！

拳をぐっと握ってニコリと笑ってみせる。こんな状況でよく笑っていられるな、と怒られるかもしれないけれど、気持ちが焦っていてはダメだ。

私の表情が意外だったのか、剣持部長は目を丸くして私を見つめると、ふっと固く強張った顔を和らげた。

「……君は、強いな」

「そんなことないです」

私が強くなれたのは剣持部長がいたからです。きっと大丈夫。剣持部長となら、どんなことがあっても乗り越えられるような気がするから。

心の中でそう呟いて、私も剣持部長も、もう一度書類に目を落とした――。


紆余曲折ありながらも、とうとうコンペの日がやってきた。

その日は朝から晴天で朗らかな日だった。小走りすると、ほんのりと汗ばむような陽気だ。

今日はオフィスでの服装とは違い、清潔感と堅実さを意識して、濃い目のグレーでまとめたパンツスタイルのスーツで決めてきた。すっと背筋を伸ばすと気合も入る。

コンペ会場はメフィーアが貸し切りにした都内ホテルの大広間。全国からぜひ我が社で、と意気込んだライバル社の社員が一堂に会すると、その熱気に圧倒されてしまう。けれど、大手企業のコンペにしてはいささか人数が少ないような気もした。

ざっと見て全体で五十人くらいだろうか、見渡しながら所定の席に着くと、剣持部長が隣に座る。ピンストライプの入った少し明るめのネイビーのスーツをパリッと着こなし、ほんのりいつものフレグランスが香る彼は、靴もピカピカで身だしなみも完璧だ。

「意外に少ないですね。もっといるかと思いましたが……」

「おそらく、予算変更後の企画書が間に合わなくて、何社かは辞退したのかもしれないな。直前になって参加を辞退するのはよくある話だ」

正面にはプレゼン用の大型プロジェクタースクリーンなどがすでに用意されていて、久しぶりのプレゼンの雰囲気にそわそわしてしまう。けれど、そんな私とは逆に、剣持部長はいたって冷静に自分のパソコンを広げて作成した企画書の見直しをしている。

「コンペの順番は一番最後だ」

剣持部長がパソコンの画面を見ながら私に言った。

コンペの有利順位として、一番最初か一番最後がいいと言われている。提案の内容がかぶったとしても、初めに発表してインパクトを与える初頭効果か、最後に斬新な企画でクライアントにガツンとより強いインパクトを与える親近効果を狙えるからだ。

「私たちの企画提案は、最後のほうがいいかもしれませんね」

「ふぅん、君もわかっているじゃないか」

剣持部長がパソコンの画面から視線を私に移し、眼鏡をかけ直すと不敵に笑った。

「てっきり、とっとと最初のほうで終わらせて、ホッとしたいとでも言うのかと思ったが……」

「まぁ、ホッとしたいという気持ちは否めませんけど」

プレゼン前は異様な緊張感が漂っていて、周りの人たちも緊迫した様子だ。過去に何度かプレゼンは経験しているけれど、こういった大型のコンペは初めてで、どうしても気持ちが落ち着かない。

「大丈夫だ、君はただ俺を信じてくれさえすればいい。失敗なんかしない、必ず勝ち取ってみせる」

そう言って、剣持部長が長机の下にある私の手の上から自分の手をそっと重ねて、すぐに離れていった。

そうこうしているうちに、取締役社長をはじめメフィーアの上層部の面子が集まって準備が整うと、次々と各社の発表が始まった。

予算を削減するといった変更を踏まえて、どの会社も企画書を練り直してきたようで、どれもなるほどと思わせるような提案ばかりだった。

そしてついに私たちの順番が回ってきて剣持部長がスクリーンの前に立つと、全員が彼に注目した。

「あれって、剣持だよな？」

「ほんとだ、アルテナの本社勤務になったって噂で聞いてたけど……はぁ、こりゃ負けかもな」

剣持部長のプレゼンの最中、後ろの席に座っていた別会社の男性社員がこそこそと喋っているのが聞こえて、私は思わず聞き耳を立ててしまった。

「だって、参加したコンペで負け知らずだろ、あの人」

「ったく、まるで出来レースだな」

出来レースだって？　そんなことないのに！

今までどんな思いで剣持部長がこのコンペのためにやってきたか知らないくせに、勝手なことを言われて腹が立った。

「……そこで、広告費用の削減というニーズにお応えするため、弊社の提案としましては、〝親近感のあるティアラ〟というキャッチフレーズを元にし、花嫁に起用するモデルを事務所からではなく、一般公募にすることによって、コスト削減を狙いたいと思っております」

私たちの渾身(こんしん)の策案が剣持部長の口から語られると、会場から自然と感嘆の声が漏れた。

クライアントの予期せぬ変更に頭を悩ませていた時、剣持部長がモデル費用を削減するにはどうしたらいいか、と私に尋ねてきた。彼はこの項目に目をつけていたようで、私はその時ふとドレスを買ってもらった店で、自分がウェディングドレスを着たことを思い出した。

一般から公募すれば、花嫁のモデル費用はほぼゼロになる。ふとした私の思いつきだったけれど、それを聞いた剣持部長は一蹴することなく『なるほど、その案を検討しよう』と頷いてくれた。

誰だって花嫁には憧れるし、モデルが一般人ということで、その広告にも親近感が湧く。ということは、新商品であるティアラにも興味を持ってもらえるのではないかと考えた。

剣持部長のプレゼンを聞いていたメフィーアの社長もうんうんと満足げだ。

やった！　インパクト大！　先方にも好印象みたい。

そんな中、スクリーンの前に立つ剣持部長と目が合った。

大丈夫です！　しっかり最後まで見届けますから！

私がその視線に応えるように小さく頷くと、彼がやんわりと口元を緩めた。

剣持部長の会心の発表にざわつく会場の隅で、ふと視線を横にやると前野さんの姿を見つけた。相変わらず綺麗な人だけれど、なんだか様子がおかしい。顔色が悪く、座っているものの、その姿勢はおぼつかない。

どうしたんだろう、もしかして具合が悪いんじゃ……。

そんなふうに思っていると、こらえきれなくなったのか、前野さんがまだ剣持部長の発表途中だというのに会場から出ていってしまった。

彼のプレゼンもそろそろ終わりに差しかかり、しばらくして質疑応答になると、私は目立たないように席を立って、前野さんのあとを追いかけた。


会場を出て左右を見渡してみても、前野さんの姿が見えない。

どこ行ったんだろう？　もしかしたらお手洗いかも……。

そう直感した私は一番近くのレストルームを見つけ、そっとドアを開けてみる。

「前野さん！」

やっぱり思った通り、彼女はそこにいた。身体を支えるように洗面台に両手をかけ、前のめりになって苦しそうにしていた。

「大丈夫ですか？」

「ま、松川さん……？」

血の気ない顔を緩慢に私に向ける。身体に触るとどうやら熱があるようだ。

「どうかしたんですか？　具合が悪いとか？」

私がそっと前野さんの背に手をあてがう。

「何してるの？　まだプレゼンの途中でしょ？　私のことはいいから」

口元に残っている水気をハンカチで拭うと、前野さんがきつい視線を私に向けた。

いつもは物腰柔らかな人だけど、具合が悪くて気を使っている余裕なんてないようだ。

「とても大丈夫そうには見えないですよ。どこか空いている部屋で休ませてもらいましょう」

「結構よ、大丈夫だってば！」

前野さんの腕に触れると勢いよく振りほどかれる。けれど、どう見ても、もう一歩も動けなさそうだ。

「お客様？　いかがなさいましたか？」

タイミングよくホテルの従業員が入ってきたので、私が事情を話すと空いている部屋をすぐに用意してくれた。

「横になっていれば少し楽ですか？　薬買ってきましょうか？」

「まったく、あなたって案外お節介なのね」

前野さんは私よりも身長が高く、支えて歩くにも苦労したけれど、なんとか用意してくれた部屋にたどり着くと、彼女は崩れるようにベッドに横になった。

「コンペをほったらかして、剣持さんに怒られるわよ？」

「いいんです。私は彼のプレゼンが成功するって信じていますから。それにコンペに成功することばかりじゃなくて、先方の健康も考えるのも大事ですよ」

そう言うと、前野さんは面食らったような顔をして、はぁと重くため息をついた。

「実は昨日から体調を崩しててね。でも今日はコンペだから、どうしても休むわけにはいかなくて……迷惑をかけちゃったわね」

ようやく落ち着いたのか、前野さんはほんの少し口元を和らげて身体を起こす。そして、先ほど親切な従業員さんが用意してくれた水をひと口飲んだ。

「会議で急に予算変更せざるを得なくなってしまって、一ヵ月くらい前に参加企業のほうには連絡したんだけど、参加を辞退する企業も出てきてしまって……だから、このコンペがどうなるかヤキモキしていたの。それが精神的ストレスになってたみたい」

両手で包み込むようにまだ水の入ったグラスを手にし、前野さんはそれをじっと見つめている。

え？　ちょっと待って、一ヵ月くらい前……？

彼女の話に引っかかりを覚えた。

「あの、予算変更の連絡って……そんな前にされてたんですか？」

「ええ、アルテナさんのほうには私の部下が、メールじゃなくて直接電話連絡したって言ってたわ。どうして？」

どうして？と聞き返されても、私はすぐに言葉を紡ぐことができなかった。一ヵ月前、私はもちろん、剣持部長もそんな連絡が来たという話は聞いていないし、ちょうどその頃は当初の予定通りの企画を作るのに躍起になっていた。

「いえ、結果的に修正した企画が間に合ったからよかったんですけど、実は予算変更の話、コンペの三日前に聞いたんです」

「なんですって？」

前野さんは驚いて、目を見開きながら私に向き直った。

「剣持さんに連絡が行ってなかったってこと？」

「はい。今回の企画書は私も共同でしたけど……私も聞いてなくて、うちの男性社員からコンペの三日前にその話を聞かされました」

前野さんはしばらく考え込んでいたけれど、何かを思い出したのかハッとした表情になる。

「そういえば、部下が連絡を入れた時に、剣持さんが不在で同じ営業部の影山さんにその旨を伝えたって言ってたけど……」

「え……？」

連絡を受けたのって、影山君だったの……？

影山君も人間だ。大事なこととはいえ、うっかり伝え忘れていた可能性は無きにしも非ずだ。けれど、そつのない彼に限ってそんな大事なことを忘れるわけない。

前野さんの話を聞いて、影山君に対する疑惑がじわじわと湧き起こってくる。考えすぎかもしれないけれど、なんとなく伝え忘れが意図的なものに思えてならないのだ。

「松川さん？」

「あ……すみません、ぼーっとしちゃって。今回のことはうちの部署内での連絡ミスですね」

怪訝な顔で私を見つめる前野さんに余計な心配をかけたくなくて笑ってみせる。彼女も安心したみたいでようやくふっと笑った。けれど、すぐにその表情が陰る。

「一年前のCM契約のことだけど……本当にごめんなさい。あなたにずっと謝りたかった。あのね、今さらだけど……白紙に戻す判断は私じゃなくて、実は父の意向だったのよ」

「え？」

あの時の担当は前野さんだった。だから、契約破棄の判断はてっきり前野さんの意思だと思っていた。それが社長の考えだったと聞いて、私は驚きを隠せなかった。

「ちょうどあの頃、うちの社内情報が外部に漏えいしてるという噂があって……他社の社員もうちに出入りしてたし。でも、どういうわけか父はあなたを疑っていたの」

「ど、どういうことですか……？」

社内情報の漏えい？　私が疑われてた？

「父に詳しいことを尋ねてみたんだけれど、アルテナと契約しなくてもほかに当てがあるからって言われて、それ以上何も教えてはくれなかった。でも、大事なコンペ中に抜け出してまで私に気を使ってくれるような人が、そんなことするわけないって……そう思ったから、ちゃんと一年前のことを話しておきたかった。言い訳にしか聞こえないかもしれないけど……」

――アルテナと契約しなくてもほかに当てがあるから。

前野さんの言葉を聞いて、なぜかその部分だけが妙に引っかかった。

どこかで、似たようなセリフを聞いたような……。

「そろそろ戻らなくて平気なの？　とっくにコンペも終わってるはずよ。私もしばらくしたら戻るから……剣持さんに、途中退席したことお詫びしておいて」

「わかりました。くれぐれもお大事に」

前野さんにペコリと頭を下げて部屋を後にしようとすると、前野さんに呼び止められる。

「……待って」

「コンペの結果は私から連絡するわ。剣持さんにもそう伝えておいてくれる？」

「はい。結果楽しみにしてますから」

ほんの少し前野さんにプレッシャーをかけると、私は部屋を出た。


はぁ、剣持部長怒ってるかな……何も言わないで出てきちゃったし。

そう思ってコンペ会場を覗いてみたけれど、すでに終わったあとのようで後片付けされていた。スマホに連絡が来ているかも、と思い確認してみると、やはり剣持部長からメールが入っていた。

【途中退席の理由は今夜聞く。急ぎで会社に戻る用事ができたから先に会場を出る。疲れただろう？　お疲れさま】

そのメールはいきなりいなくなったことを怒るでもなく、何か事情があったのだと私を信用してくれている内容で、自然と笑みがこぼれた。

そして、剣持部長に自分も会社に戻るとメールを返信すると、足早にホテルを後にした。

私が会社に戻るのは仕事のためではない。ある人物に確かめたいことがあったからだった——。

そして芽生えたもの

コンペが終わり、会社に戻った時にはすでに日は暮れていた。時刻は十九時を回ろうとしているけれど、営業部のオフィスにはまだ数人社員がいて、相変わらず忙しそうだ。

剣持部長は帰社するなりすぐに緊急会議に呼ばれて、ずっと会議室で缶詰めになっているらしい。

「莉奈、お疲れさま！　コンペどうだった？」

ちょうどオフィスで残業中だった亜美が、自分のデスクで少しゆっくりしているところへ声をかけてきた。

「うん、手ごたえはあったと思う」

自分の上司のプレゼン中に途中で退席してしまったと言えば、その理由を根掘り葉掘り聞かれるだろう。前野さんの立場もあるし、ここは黙っておくことにした。

「結果は一週間後くらいだって。楽しみにしてて、がっかりさせないから」

「お！　強気な発言だね。それくらいうまくいったってことなんでしょ？」

うまくいったのは、ほとんど剣持部長のおかげだけどね……。

そう思いつつ、私は影山君の姿を探そうとオフィスを見回す。

彼のデスクはまだ片付けられていない。ということは、しばらくしたらここへ戻ってくるということだ。

「亜美、影山君って何時に戻ってくるか知らない？」

「うーん……直帰はしないって言ってたから、そろそろ戻ってくると思うよ」

「そうなんだ、ありがとう」

しばらくすると、亜美は約束があるからと言ってオフィスを後にした。

私は影山君に、どうして一ヵ月も前にメフィーアから予算変更の連絡があったにもかかわらず、コンペの三日前になって連絡してきたのか問いただしたかった。

忘れていたのならなおさら怒りたくなる。ヤキモキしながら待っていると、その影山君がオフィスに戻ってきた。

「あ、松川さん、お疲れさま。コンペどうだった？」

そんなふうに言うけれど、なんだかわざとらしくてモヤッとしてしまう。

「うん、三日前に予算変更の連絡されても大成功だったよ」

私も負けじと皮肉交じりに言うと、影山君が一瞬眉間にしわを寄せた。

「まいったな、やっぱり怒ってる？　そんな嫌味っぽく言わなくたって……修正するにしろ、三日もあれば充分だったろ？」

人の気も知らないで、勝手なことを何食わぬ顔で言ってくる影山君を、私は冗談抜きで鋭く睨んだ。

「私と剣持部長にとって、あのコンペは大事なことだったの！　もちろん私たちだけじゃない、部署のみんなだって……。同じ営業部として影山君も、先方にうちの会社を採用してほしいって思ってたんじゃないの？」

悪びれた様子もなくしれっとしている彼に、つい思い余って大きな声を出してしまった。

周りの社員がぎょっと驚いて私に注目したけれど、我に返って冷静になる余裕なんてなかった。

「ごめん、松川さん、ちょっと場所変えようか」

すっと影山君が笑顔を消し、真面目な顔になって小声で私に言う。

望むところですとも！　こうなったら喧嘩になったって、言いたいこと言ってやるんだから！

私はメフィーアのコンペのために毎日身を粉にして、剣持部長と一緒に頑張ったっもりだ。それなのに、あまりにも安易な態度の影山君に腹が立ってしょうがなかった。一歩間違えれば、予算変更の企画書だって、間に合わなかったかもしれないというのに――。

「ここなら少しは話せるかな？」

怒りが爆発して周りが見えなくなってしまうと困る。だから、誰にも話を聞かれずにふたりきりになれる、会社の中庭で話すことにした。

影山君は慣れた手つきで煙草に火をつけると、ふぅっと紫煙を細く吐き出した。外の風はほんの少し生暖かく、寒さも感じないはずなのに、私の指先は緊張しているのか小刻みに震えていた。こんなふうに影山君とふたりで話すのは初めてだ。

普段は綺麗に輝いて見える夜景も、今は堪能している余裕などない。

「コンペの時に前野さんから聞いたの。予算変更の連絡は一ヵ月前に影山君に伝言したはずだって。それなのに三日前になって連絡するなんて……。ねぇ、もしかしてそれってわざとなんじゃない？」

私には彼が故意的に剣持部長に知らせなかったのではないか、という疑念が拭いきれなかった。

「わざと……ね」

疑いの目を向けられても彼は驚きもせず、遠い目で夜景を眺めている。

「もしそうじゃなかったら松川さん、俺にとんでもない言いがかりをつけてることになるよ？」

「メフィーアのコンペは部署内でも一大イベントだし、営業リーダーの影山君が伝言ミスするとは思えないから」

「ふうん、ずいぶん信用されてるんだね、俺」

影山君がトンと指で落とした灰が風に乗って消えていく。彼は普段、温厚な性格だけれど、今はどことなく冷たい表情を浮かべている。もしかしたら、これが本当の彼の姿なのかもしれない。

「……試したかったんだよ」

影山君の言葉を待っていると、彼がぽつりとひと言呟いた。

「試したかった……？」

「そう。剣持部長の力量をね。土壇場でトラブルが起きたら、彼はどう出るのかってね。これは男の嫉妬だよ、自分より仕事がデキるヤツなんて正直目障りだったし」

影山君が三日前まで予算変更の連絡をしなかったのは、やはりわざとだった。しかも、呆れるような自分勝手な理由で。

私は緊張で震えていた指先が、今はどうしようもない怒りでワナワナとしているのがわかった。

「ひどい……もし、企画書が間に合わなかったらどうするつもりだったの？」

何食わぬ顔で二本目の煙草に火をつける影山君に、山のように罵声を浴びせてやりたい。けれど、いろんな思いが交錯してうまく言葉にならなかった。

「別に、間に合わなかったら……剣持部長はそれだけのヤツだったんだなって思うだけだよ。正直言うと、俺の中でメフィーアの契約云々はどうでもよかった。気に食わないヤツが俺の目の前でつぶれる姿が見られるなら、ね」

影山君はそう言って、ニヤリと笑った。

な、何言ってるの……？　影山君、本気でそんなこと思ってたなんて、嘘だよね？

彼の発言が信じがたくて放心してしまう。影山君は大切な友人だし、私だって本当は疑いたくはない。

「そんな目で見られるときついな。これでも松川さんのことは気に入ってたんだけど」

「ごめん。私、影山君のこと買いかぶってたみたい……それが本心なら、最低だよ」

振り絞る声が震える。影山君はそんな私に何も言わず、信じていたものが崩れてショックを受けている姿を、あざ笑うような目で見ていた。

「影山君は……きっと私のことも目障りだったんでしょう？　一年前から。私のことを気に入ってた？　冗談言わないで」

すると、影山君の表情がさっと曇り、鋭い眼差しに変わる。

「松川さん、何を言っているの？　俺、松川さんが入社してきた時からずっと応援してたよ。何か力になれたらって――」

「私が一年前、メフィーアの契約に失敗してつらかった時、影山君は確かに支えになってくれた。だけど、本当は陰で笑ってたんじゃない？」

先日、コンペの時に前野さんに明かされた契約破棄の裏話。

――アルテナと契約しなくてもほかに当てがあるから。

あれから私は、その言葉の意味をずっと考えていた。そして、それを聞いた時からまとわりついていた嫌な予感が、亜美の言っていた言葉を思い出させたのだ。

――ほかに代理店を紹介します。ちゃんと当てがありますから大丈夫です。

このふたつの言葉が繋がった時、影山君が電話をしていた相手がメフィーアの社長であると直感したのだ。

「ここまで来たらもうごまかしはいっさいなしにして。私がメフィーアの契約前に影山君……先方の社長と何を話していたの？」

「なぁんだ、知ってたの？」

今まで黙っていた影山君が高笑いして、何本目になるかわからない煙草を吸った。

彼も内心穏やかでない証拠だ。

「そんな話、誰から聞いたの？　チッ、聞かれてたならしょうがないな」

やっぱり……。

心のどこかで何かの間違いだったと思いたかった。けれど、メフィーアの社長と影山君には、やはりよからぬ繋がりがあった。

認めたくなかったけれど、影山君はあっさり事実を受け入れた。友人に裏切られた絶望に、力が抜けてその場にしゃがみ込みたくなる。

「あの契約の担当、実をいうと本当は松川さんじゃなくて俺だったんだよ」

「え？」

影山君が担当するはずだった……？　そんな話、誰からも聞いてない。

すると、彼はほんの少し切なげに苦笑して話を続けた。

「メフィーアとの一件の二、三ヵ月前くらいだったな、名誉と昇進の代わりに河辺部長の娘を婚約者として紹介されたんだ」

影山君がふぅっと細く紫煙を吐き出した。空気に紛れて消えていく。

「昇進できると思ってたら裏にそんな話があったなんて、ショックだったよ。結局、俺のことを評価しての昇進じゃなかった。それに河辺部長の娘、ギャルっぽくて全然タイプじゃなかったし、上司の娘なんて後々面倒だし、いろいろ考えて丁重にお断りした結果……担当の話が松川さんにいっちゃったってわけ」

初めて影山君から聞かされる事実に、私は声を発することすらできなかった。本来なら怒り狂ってしまいそうなのに、その頂点に達する前に思いとどまった。なぜなら彼があまりにも切なげな顔をしていたから。

「松川さんはその当時、バリバリに仕事をこなして部署内でも成績は優秀だっただろ？　メフィーアの担当も任されて……何も知らないくせに勝ち誇ったように見えて、正直面白くなかった。ずっとムカついてた。俺は河辺部長から当てつけのように雑用みたいな仕事を寄こされて、そうしたらだんだん松川さんが契約に失敗すればいいって思うようになっていったんだ」

「そんなことで私を妬んでたの？」

すると、影山君は露骨にムッとした顔になる。

「そんなこと？　あぁ、松川さんにとってはそんなことかもしれないね。だから契約する前、メフィーアの社長にCMの対象になる商品の情報を、松川さんが他社に漏えいしてるって吹き込んでやったんだよ」

私の脳裏に前野さんの言っていた言葉がよぎった。

――うちの社内情報が外部に漏えいしてる噂があって。

――どういうわけか父はあなたを疑っていたの。

初めはなんのことだかさっぱりわからなかったけれど、影山君の告白を聞いて合点がいった。

メフィーアとの契約破棄の裏で動いていたのは、影山君だったのだ。

「メフィーアの社長には仕事でも懇意にしてもらってたし、プライベートでも付き合いがあるんだよ。この前も一緒に旅行に行ったしね。だから誰よりも信頼が厚い」

影山君は得意げに笑って話を続けた。

「社長にとって俺は息子も同然みたいなもんなんだ。疑うこともせずに契約の話をどうにかして取りやめにしたいって、一番最初に俺に言ってきたくらいだし。同業者の伝手ならいくらでも知ってたから、仕事を横流しするくらい容易かったよ」

自分の企てに踊らされた私や、ほかの社員たちがよほど滑稽だったのか、影山君はクスクスと笑った。

「うちの会社にとっても不名誉になることでしょ？　そんなことよく言えたものだわ」

彼がしたことは嫉妬と憎悪にまみれた身勝手な行動だ。けれど、影山君はもはや自分以外のことは何も見えていないようだった。そのことが無性に腹立たしくもあり、悲しかった。

「俺の周りでうまく立ち回るヤツが全部気に入らなかった。会社の不名誉なんてどうでもよかったよ。それに、剣持部長も薄々勘づいてるんじゃないかな？」

「剣持部長が……？」

そういえば、前に少し不審に思うところがあるって言ってたけど……。

靴ずれを起こしてホテルの部屋で休んでいた時にも、そんなことを口にしていたような気がする。

「自分もクソ忙しいのに、契約破棄になった本当の理由をずいぶん前から嗅ぎまわってたし、最初に目をつけたのが俺だなんて……剣持部長もさすがだね。はぁ、バレちゃったからには、俺は多分この会社にはもういられないだろうな」

影山君が再びため息をついてぼやいた。

一年前のことはもう過去の出来事として忘れようとしていたけれど、できることなら真実を知りたいとも思っていた。そして、事の真相を聞いた私は怒りや悲しみなどといった感情もなく、ただ抜け殻のような感覚を覚えた。

「影山君の話はわかった」

「俺のこと、許せないだろ？」

「許すとか許さないとか、今はそんなこと考えられない。でも、きっと一生忘れることはないと思う」

〝忘れることはない〟というのは、すべてなかったことにして、水に流すことはできないという意味だ。

それを理解したように影山君は小さな声でひと言「ごめん」と呟いた——。

影山君と長い長い話を終え、私は何も考えられずに会社のエントランスを出た。

剣持部長はまだオフィスに戻っておらず、いまだ会議中のようだった。けれど、こんな精神状態で剣持部長に笑顔を向けることなんてできなかったし、『どうかしたのか？』と声をかけられたら、きっと涙が溢れてきてしまうだろう。

影山君、どうしてあんなことを……？　何も知らなかった私が悪かったのかな？

彼の心に悪魔が芽生えてしまった原因は……私のせい？

道を行き交う人に身体がぶつかる。それでも振り向く余裕もない。とにかく頭の中は空っぽだ。

ポケットの中にそっと手を入れてみると、いつも肌身離さず持っている指輪があった。その感触だけが、ほんの少し気持ちを温めてくれる。

剣持部長に会いたい……会って、何も聞かずにただ抱きしめてほしい。

そんなことをぼんやり考えながら、何げなく横断歩道を渡ろうとした時だった。

「危ない‼」

背後から聞こえた大きな声に驚いて、ようやく我に返った時にはもうすべてが遅かった。

え――？

顔を上げた瞬間。ヘッドライトに目がくらんだ。息を呑み、咄嗟に両腕を顔の前で交差する。

自分以外の動きがすべてスローモーションのようだった。何が起きたのか理解しないまま、私は真っ暗な闇の中へ突き落とされた――。

全身が水に包まれてふわふわとした感覚の中、私はずっと長い夢を見ていた。

いつの日だったか、剣持部長が私に着せてくれたシンプルなウェディングドレスを身にまとい、燦々と降り注ぐ太陽の光は、目の前に広がる青い海を照らしていた。

暖かで緩やかなそよ風が、綺麗にまとめ上げた私の髪を撫でる。視線の向こうには、空に浮かんでいる真っ白な雲と同じ色の髭を生やした神父様が祭壇の前に立っていて、その手前にすっと背の高い黒髪の男性の後ろ姿が見える。

私の足元からまっすぐに伸びた真っ赤なバージンロード。私に父親はいないから、代わりに母が付き添ってゆっくりと歩きだす。けれど、一歩一歩足を踏み出すたびに腕が、頭が、足が引きちぎられるような痛みを覚える。

痛い。痛いよ……。痛くて一歩も動けない――。

『莉奈！』

徐々に歩く足の動きが緩慢になっていき、立ち止まりそうになってしまう。

そんな時、ふと私の名前を呼ぶ声が聞こえた。

『莉奈！』

あぁ、これは私が一番聞きたかった人の声だ……。彼のところへ行きたい。

『立ち止まるな、ここへ来るんだ』

逆光で顔がわからないけれど、祭壇の前にいる男性がゆっくりと振り向いて私に手を伸ばしている。

全身を襲う激痛でおかしくなりそうだった。けれど、彼の元へ行かなければ……。

一歩そしてまた一歩と近づいて、震える指をゆっくりと伸ばし、私に差し伸べる手に重ねた――。


「ん……」

鉛のように重たい瞼（まぶた）をうっすら押し上げると、夢なのか現実なのかわからない視界がぼんやりと開けた。

ここ、どこ……？

窓の外には真っ青な空が広がっている。今わかることはそれだけだ。

「っ⁉　気がついたか⁉」

声がしたほうへ顔を向けようとしたら、首に激痛が走った。仕方なく視線だけをやると、傍らで剣持部長が椅子に座って私の手を握りしめていた。

「けん、もち……部長？」

私、どうしてこんなところで寝ているんですか？　どうして剣持部長はそんな泣きそうな顔をしているんですか？

聞きたいことはたくさんあるのに思うように言葉が出ない。剣持部長が握る私の手、そして腕にはチューブが繋がっていて、ぽたんぽたんと規則的に落ちる点滴の雫が見えた。

「三日だ」

「え……？」

「君は、会社から帰宅途中の大通りで交通事故に遭った。そして……三日間、意識不明だった」

交通事故？　私が？

「痛っ——！」

最後に覚えている記憶を思い出そうとすると、ズキリと頭痛がした。苦痛に顔を歪める私に、剣持部長が優しい声音で言った。

「君の頭はまだ朦朧（もうろう）としているんだ。無理に何か考えようとしなくていいから。今は痛むかもしれないが、骨にも内臓にも異常はなかったそうだ。頭を打ったせいで意識の回復が遅れたのかもしれないな」

「はい……」

痛みをこらえながら、自分のいる部屋を目で追う。雰囲気からしてここは病室のようだ。

「私、生きてるんですよね？」

「当たり前だろう、こんな……こんなことで君を死なせるわけにはいかない」

抑えきれなくなった感情を押しとどめるように剣持部長が言った。その声は切なげでほんの少し震えていた。

「会議中に警察から連絡をもらって、すぐに飛び出してきた。病院に着いて握った君の手は冷たくて、握り返してくれないと感じた時……初めて〝怖い〟と思った。君を失うかもしれない、と」

眉尻を下げ、震える彼の声は今にも消え入りそうで、いつも鋭く光らせている目は何かに怯えているようだった。こんな感情を剥き出しにした剣持部長の顔を、私は初めて見た。

「剣持部長のそんな顔を見られるなら、私、生きててよかったです」

顔を緩ませるだけで痛みが伴う。こんな時だからこそ、私は〝大丈夫〟と笑っていたいのに。

「何をバカなことを言ってるんだ。コンペの結果がうちの会社で採用になったことだって、死んだら一緒に喜べないだろう？」

「えっ……」

剣持部長、今なんかさらっとすごいこと言ったような……。

「聞き間違いではないぞ」と、剣持部長が目を細めて微笑んだ。

「採用になったんですか⁉ それ、本当ですか⁉ あいたっ」

予期せぬビッグニュースを聞いて、怪我をしていることをうっかり忘れ身体を起こそうとすると、それを阻むように全身に激痛が走る。

「コンペの結果は先日、君が眠っている間に前野さんから連絡が来たんだ。彼女からコンペの日の話はすべて聞いた。君らしい行動だと思ったよ」

そう言いながら、剣持部長は微笑んで私の手をずっと握っていてくれた。

よかった……採用になって本当に嬉しい。あぁ、もうどうしよう！

握る剣持部長の手があまりにも温かくて、夢で重ねたのは剣持部長の手だったのかもしれないと思うと、身体が解けるように安堵した。すると、徐々に目頭が熱くなってきて、今までこらえていたすべてのものが、涙とともに溢れていった。

「本当によかった、採用されて……もう、嬉しくて」

「君は大げさだな、失敗はしないと言っただろう？」

剣持部長は「だから泣くな」と言って、そっと親指の腹で私の涙を拭う。

「だって、私たち結婚してから……初めての共同作業はケーキカットじゃなくて……

コンペだったじゃないですか。それが成功したんだから大げさでもなんでも……嬉しいです」

　嗚咽交じりに泣きじゃくる私の頭を、剣持部長はそっと撫でてくれた。温かくてこの上ない優しさに包まれる。

「早くうちに帰ってこい。君がいない部屋はなんだか寒くて暗い。今までずっとひとりだったのに、こんなことを思うなんて変だな。けど、ようやくわかったんだ……これが愛おしいってことなんだと」

「え……？」

　剣持部長はやんわりと目を細めると、私の頬を何度も撫でた。

「こんな気持ちになれるんだから、俺にも人の心があったようだ……君が好きだ。俺は君がいないと息もできないらしい」

　剣持部長が言葉を発するたび、ドクンドクンと心臓が跳ね上がっていくのがわかる。何か言わないと、と考える間もなく、剣持部長はまるで壊れ物を扱うように私の頬を包み込んで口づけた。

「ん……」

　初めて剣持部長に告白された。信じられない気持ちでいっぱいだった。夢なら覚めないでほしい。ずっとずっと眠ったままでいたい。

「私も、剣持部長のこと……好きです」

「こんな時くらい部長はやめろ」

唇が離れると温もりがすっと抜けていく。今まで感じていた熱に、嘘でも夢でもないと思わされて震えだしそうになってしまう。

「優弥……さん」

そういえば、初めて彼の名前を呼んで『好き』と言った気がする。そして、剣持部長も初めて私を好きだと言って名前を呼んでくれた。

「私の名前をずっと呼んでいてくれたのは、剣持部長だったんですね」

目が覚める前、私は結婚式の夢を見ていた。その時、懸命に私の名前を誰かが呼んでいたのを思い出した。その相手は彼だったのだ。

「影山にバカみたいに嫉妬して、みっともない姿を見られても……誰にも渡したくない。君のすべてを独占したいんだ……俺は結婚なんて合理的なものでしか考えていなかった。けど、そういうふうに想う相手と繋がることが結婚するということだって、今さらわかった……君に、そう気づかされたんだ」

私たちは、お互いに愛し合って結婚したわけじゃない。ハプニングだった。剣持部長は私を好きにならないと思っていたし、私も彼を好きになんてならないと思っていた。けれど、信じられないことに、不毛な結婚にも小さな愛は芽生えたのだ。

私は剣持部長の抱擁に包まれながら、いつまでもその幸せを噛みしめた——。

プロポーズをもう一度

交通事故から二週間。

かなりの衝撃だったのに軽い怪我で済んだのは奇跡的で、私の生命力は折り紙付きだと先生から太鼓判を押された。事故を起こした時に運転していた加害者の男性も、入院中に何度もお見舞いに来て謝罪があった。

彼に対して剣持部長は穏やかではなかったけれど、ことを荒立てたくなかったし、自分にも不注意があったのは確かで示談が成立した。

「ほら、莉奈、ちゃんと口開けて」

「もう、子どもじゃないんだからひとりで食べられますって」

最終検査を三日後に控え、それで問題なければすぐにでも退院できるくらい回復したというのに、剣持部長はまだ過保護に怪我人扱いする。

「君のことが好きだっていう気持ちが抑えきれないんだ。まさか、俺がこんなことを言う日が来るなんてな。存分に甘えてくれ」

恥ずかしげにそう言う彼を見ていると、こっちまで恥ずかしくなる。

お互いに気持ちを伝え合ってから急に猫可愛がりされて、なんだかこそばゆい。

夕食に出た冷ややっこをスプーンですくい、それを差し出しながら、彼は〝ちゃんと食べろ〟と目で訴えてくる。けれど、私にとって病院食は味気なくていい加減飽き飽きしていた。

「退院したら、とんかつにてんぷらにステーキとか食べたいです」

「まったく、脂っこいものばかりだな……」

「食欲があるのは健康な証拠です」

そう言うと、剣持部長はクスリと笑った。

「あぁ、わかった。退院したら君の好きなものを全部食べに行こう」

そう言って、カーテンで目隠しをしているのをいいことに、剣持部長が短く私の唇を吸った。

「も、もう……ここ病室ですよ？」

「ふ……咎（とが）める言葉も、そんなふうに真っ赤な顔をしていたら説得力ないな。それにここは個室だからな、誰も見ていない」

クスクス笑う剣持部長の顔を見ていたら、なんだか脱力して私も笑みがこぼれる。

あぁ、この笑顔ほんと好き。幸せだなぁ……。

時刻は二十時になろうとしていて、面会時間はもうすぐ終了だ。このあたりになると名残惜しくて、いつも時間が止まればいいのにと思ってしまう。

めでたくメフィーアの契約も正式に決まり、私が欠勤している間、剣持部長には迷惑をかけっぱなしだ。早く退院してまた一緒に仕事がしたい。

「あの、もう身体とか動かせますし、ここでできる仕事があったら——」

「バカ、そんなことをさせられるか。仕事が気になるのはわかるが、今は考えなくていい」

今回、メフィーアの新商品を宣伝していく媒体は、テレビＣＭではなくブライダル雑誌を中心とした雑誌広告、交通広告だ。とくに雑誌広告は購読者層に合わせてターゲットを絞りやすいし、再読率も高いというメリットがある。

剣持部長は採用が決まっても、休む間もなくアカウントエグゼクティブとして制作に追われていた。それなのに、面会時間に間に合えばこうして私に会いに来てくれる。

「すみません、何もお力になれなくて……」

ふたりだけの時間を過ごせるのは幸せだけど、ここでずっと剣持部長に甘えているわけにはいかないのはわかっている。そんな歯がゆい思いに視線を落とすと、剣持部長が鞄と一緒に持っていた紙袋を手渡してきた。

「君が戻ってきたら遠慮なくこき使うつもりだから、今のうちにゆっくり休んでおけ。ほら、今日の土産だ」

「あ！　ジンジャークッキー！　しかも私の好きなお店のやつ」

私がジンジャークッキー好きなこと、覚えてくれたんだ……。

こんがりと焼かれた美味しそうなクッキーを袋から取り出すと、微かに香ばしいい匂いがした。

「ありがとうございます」

思わず笑みがこぼれると、それに安心したように剣持部長も頬を緩めて小さく笑う。

「君の笑顔が見られてよかった。そうやって笑っているほうがいい」

事故に遭ったあと、ひとつショックなことがあった。ポケットに入れていた指輪がなくなってしまったのだ。

事故の衝撃できっと落としてしまったのだと思うけれど、それからすごく落ち込んでいた。大事にしようと思って肌身離さず持っていたのが結局、仇になってしまった。

剣持部長に浮かない顔の理由を尋ねられて正直に話すと、彼はひと言「気にするな」と言った。

気にするなって言われても気にするよ、結婚指輪だもん……。

前まではは指輪がないとなんとなく不安になっていた。今はお互いに気持ちが通じ合っているし、そんなふうに思う必要はないのはわかっているけれど。

「莉奈」

不意に名前を呼ばれて視線を上げると、剣持部長の表情に先ほどの笑みはなく、どことなく思いつめたような沈んだ顔をしていた。

「今日、君に伝えなければと思ってタイミングを見計らっていたんだが、少し言いにくい話があるんだ……」

「え？」

言いにくい話？　なんだろう？　何か仕事でトラブルがあった……とか？

考えてみるけれど見当もつかない。剣持部長は言葉を選んでいるようで、伝えなければと言いつつ、なかなか口を開こうとしなかった。

するとその時、面会時間終了の院内アナウンスが流れてきて、剣持部長が力なく苦笑した。

「すまない、言いかけておいて……この話はまた改める」

「……わかりました」

なんとなくサクッと話せるような内容じゃないと感じて、聞きたい気持ちをこらえて食い下がるのをやめた。

でも、言いにくいとか聞いたらなおさら気になるじゃない。

そうはいっても時間は時間だ。

剣持部長がさっとカーテンを開くと、患者さんの家族がぽつぽつと帰っていく姿が、開いたままの出入口ドアの向こうに見えた。

「じゃあな」

「はい、あの……剣持部長も気をつけて」

なんだろう、この胸騒ぎ。

私の予感はいつも先走って外れることのほうが多いけれど、背を向けて部屋を出ていく剣持部長の後ろ姿に、言いようのない不安が湧き起こるのを感じずにはいられなかった——。


退院を左右する検査を終えた昼下がり。

はぁ、疲れた。体力落ちちゃったな……。

私は検査室から自分の病室へ戻るべく廊下を歩いていた。体力が落ちたこと以外、もうどこも悪いところはなさそうだけれど、三日間意識が戻らなかったことを懸念してか、検査に検査を重ねた。おかげで今日の午前中はそれで終わってしまった。

剣持部長は忙しいのか、ジンジャークッキーをくれたあの日から顔を見ていない。病室では電話もできないから、思うように連絡が取れなくて歯がゆかった。彼のほうからも連絡がないからなおさらだ。

剣持部長はプロジェクトの責任者でもあるから、きっと目まぐるしい日々を送っているに違いない。

便りのないのはよい便り。そんなことを思いながら角を曲がると、私の病室の前でひとり、五十代くらいの中年男性がすっと背筋を伸ばして立っているのが見えた。白髪交じりの黒髪を丁寧に整えたその人には見覚えがないけれど、私の病室は個室だし、用があるとしたら私にだと思う。

「あの……」

私が声をかけるとその男性と目が合い、恭しく頭を下げてきた。

「初めまして、松川……いえ、剣持莉奈さんでいらっしゃいますか？」

パリッとスーツを着こなし、凛(りん)とした口調から上品な雰囲気が窺える人だった。けれど、私が一番驚いたのは、彼が私の名前を松川でなく〝剣持〟と呼んだことだった。

「はい。そうですけど……あの、よかったら中へどうぞ」

「失礼いたします」

廊下で立ち話をするわけにもいかないし、私が部屋へ案内すると、彼は丁寧に会釈した。

「お休みのところ不躾な面会をお許しください。私、エージンホールディングス代表取締役の秘書をしております、重森と申します」

内ポケットから名刺入れを取り出し、一枚すっと私に差し出す。

エージンホールディングス代表取締役社長秘書……重森敦也――。

エージンホールディングス……って、もしかして!!　確か剣持部長のお父様の会社だったよね。重森さんはそのお父様の秘書ってこと？

その名刺を手に取りながら、思い当たる節があり目を見開いている私に、重森さんがゆっくり頷いた。

「そのご様子だと、弊社のことをご存知のようですね」

「え、ええ」

重森さんに椅子を勧めると「失礼して」と礼儀正しく頭を下げ、私もベッドの縁に腰掛けた。

「このような場所でお話しする内容ではないのは重々承知のうえなのですが、なにぶん急ぎでして……ご容赦ください。あなたは今現在、優弥さんの〝妻〟ということでよろしいですか？」

「そう、ですけど……」

重森さんの質問に違和感を覚えながら返事をすると、彼は深く嘆息した。

「こちらも役所で調査したところ、優弥さんと婚姻関係であることを確認いたしまして……優弥さんが一体何をお考えになったのか存じませんが、このたびは本当に申し訳ありませんでした」

え？　申し訳ありませんでしたって？　なんのこと……？

深々と頭を下げる重森さんに意味がわからず目が点になっていると、重森さんがおもむろに鞄から何かを取り出した。折り目がつかないように丁寧に透明のファイルに挟まれたそれを受け取って見ると、私は短く息を呑んで全身を強張らせた。

り、離婚……届——？

婚姻届も見ないうちに結婚してしまったけれど、同じく離婚届も見るのは初めてだった。だから、これが本当に離婚届であるかどうかの判断もつかない。

どうして重森さんがこれを私に？

こんなものをいきなり突きつけられても、ただただ放心状態になってしまう。

嘘……だよね？　どうして？

受け入れがたい現実だった。なぜなら剣持部長の筆跡で、すでに氏名、住所、本籍地、その他の記入欄が書き込まれていて、左下に署名と捺印が押してあったからだ。

「どういう、ことですか……これ」

何かの冗談だと言ってほしい。自然と滲み出る涙をこらえていると、重森さんが申し訳なさそうに同情の色を浮かべる。

「優弥さんは剣持家のご子息として、ふさわしいご令嬢と結婚するのが自然の流れなのです。何度もお見合いを断っては勝手なことばかりして、こちらも手を焼いているところでした。先日、政界のとあるご令嬢とお見合いの話があったのですが……相手方から優弥さんの身辺調査が入り、すでに婚姻関係にあったと。それでお見合いの話が破談になってしまったのです」

重森さんが何を言っているのかはわかる。けれど話の筋は見えないし、意味も理解できなかった。結婚しているのに親がお見合いの話を取り決めようとするなんて、おそらく剣持部長の家族は、私と結婚したことを今まで知らなかったのだろう。

私も姉にしか結婚したことを伝えていないけれど、結婚はふたりだけの問題というわけにはいかないのだと今さら思い知らされた。

「なんの知らせもなく優弥さんがすでに婚姻関係を法律上結んでおられることを知って、父上様でいらっしゃいます健太郎様が激怒されて……」

重森さんは入院中の私に気を使ってか、それ以上紡ぐことなく言葉を濁した。

要するに、剣持部長のお父様が私との結婚に反対していて、すぐに離婚させるよう重森さんに命じたのだ。そして離婚届に剣持部長が記入しているということは……彼はそれを受け入れたということだ。

──君に伝えなければと思ってタイミングを見計らっていたんだが、少し言いにくい話があるんだ……。

そういえば、先日剣持部長がそんなことを言っていた。どことなく重苦しい雰囲気で、何か話したそうだったけれど、もしかして離婚の話をするためだった……？

それならば合点がいく。

嘘ですよね？　これって、本当に剣持部長が書いたものなんですか？　そう問いただしたかったけれど、喉の奥に大きな異物が引っかかったように言葉が出ない。それに『そうです』と肯定されるのも怖かった。

仕事が忙しいから病院に来られないんだって思ってた……でも、本当の理由はこれだったの……？

胸に開いた風穴に冷たい風が吹く。いまだに信じられず、重森さんにどんな顔をすればいいのかわからない。

すると長い沈黙を破るように、重森さんが小さくコホンと咳払いをして言った。

「あなたは、優弥さんを愛しておられたのですね」

「……そうですね。でも、お互いに好きで結婚したわけじゃないんですよ」

「それはどういうことですか？」

私の言ったことが意外だったのか、重森さんは頭にハテナマークを浮かべて聞き返してきた。

「勝手に婚姻届を出されて結婚したって言われて……。でも、私にも落ち度があったんです。初めは責任を取るつもりで現実を受け入れようとしました。彼のことを理解したくて……紆余曲折あったけど、剣持部長のこと……好きになれたんです。愛してるって、やっと自分の気持ちに気づいたのに……」

私のこと、好きって言ってくれたじゃない。こんな気持ちになれるなんてって言ってたじゃない。

いつの間にか涙がぽたりと落ち、離婚届に染みが広がる。

剣持部長はクールに『君との生活は、別の女性と本当の結婚をする時のためのリハーサルだった』なんて言うかもしれない。それでも私は本気で彼のことが好きで、失いたくなかった。こんな気持ちにしておいて、今さら別れるだなんてあんまりだ。

すると、顔を歪めて悲痛にくれる私に、重森さんがそっと口を開いた。

「離婚届ですが、私は健太郎様にあなたの署名をもらって受け取るように言い付かっております。そして、代理で提出してくるようにと……ですが」

重森さんはいったんためらったように口を閉ざしたけれど、再び話を続けた。

「それはあなたに委任しましょう」

「え?」

主人の言い付けを守らなければ、おそらく重森さんは厳しく叱責されるだろう。それなのに、彼は少し表情を和らげて言葉を続けた。

「健太郎様には、私から説明しておきます。すべては莉奈様にお任せしました。と……あぁ、長居してしまいました。すみません、私はこれで失礼いたします」

重森さんは床に置いていた鞄を手に持つと、私に「そのままで結構ですので、お休みください」と言って早々に病室を後にした。

誰もいなくなった病室は、耳が痛くなるくらい静かだった。

私はもう一度、手渡された離婚届をじっと眺めた。

綺麗な字……。

初めは何も考えられなかったけれど、こうして現物を手にしてみると、こらえきれなくなった感情が嗚咽とともにこぼれた。離婚届に顔を埋めて肩を震わせる。

剣持部長の字は達筆だけれど少しクセがあった。それを知っているだけに、この離婚届の筆跡は確かに彼が書いたものだと思わざるを得なかった。

コンコンとノックの音にハッと我に返る。

「失礼します。検査結果が出ましたよ」

「あ、はい」

私が入院した時からお世話になっている担当看護師の島谷さんが、ニコリとカルテを片手に笑顔で歩み寄る。

「先日も検査しているので、今日の結果も早めに出たみたいです。とくに問題はないと先生から……どうかしましたか？」

「え？　あ……」

うっかりしていた。私は慌てて離婚届をさっと隠し、拭い忘れていた涙をゴシゴシと袖で拭いた。

「もしかして、どこか痛みますか？」

心配げに眉を八の字に下げて、私の顔を覗き込んでくる。こんな泣き顔、見られたくないのに。

「すみません、大丈夫です。なんでもないんで……それより私、もう退院できるんですか？」

「はい。一応予定では明日の退院になっていますが、まだ手続きの窓口が開いていますし、ご都合がよければ今日でも大丈夫ですよ。それとも明日まで様子を見ますか？」

これ以上、どう様子を見るというのだ。今からでもここを出られるのならさっさと退院したい。

「いいえ、退院します。お世話になりました」

「本当に大丈夫ですか？　何かあったんじゃ……」

私の泣き顔がよほど気になったのか、彼女はもう一度私に尋ねた。こんな時に誰かに優しくされたら、また泣きたくなってしまう。

「私、なんか失恋しちゃったみたいで……退院の日に最悪ですよね」

何言ってるんだろう私……。こんなプライベートなこと言われたって、島谷さんだって困るだけなのに。

あはは、と明るく苦笑いして、私はさっそく荷物をまとめ始めることにした。

「え？　失恋って……あのいつもお見舞いにいらっしゃっている方は、旦那様ですよね？　ご結婚されているのに失恋……ですか」

すると、彼女がカルテを両腕に抱いて視線を落とし、何かを思い出すかのようにぽつりと呟いた。

「実は私も先週、彼氏からフラれてしまって……ご結婚されている方の失恋とはまた違うかもしれませんが……」

「え？」

　思わぬ発言に荷物をまとめる手が止まる。

「未練がましく無意識に初めて彼と出会った場所に行って逆に落ち込んで……あ、す、すみません！　こんなこと言って……年も近いから勝手に親近感が湧いてしまって。優しそうな方だし、失恋なんてきっと何かの間違いですよ」

　私を元気づけようと明るく苦笑いする島谷さんに、私も自然と笑みがこぼれる。

「ご結婚されても恋人感覚って素敵だと思います。私の失恋話はいくらなんでも不謹慎でしたね、すみません」

　入院してから彼女とは毎日のように顔を合わせ、その明るい性格に何度も救われた。時には、まるで長年の友人のように打ち解けて、話に花が咲いたこともあった。

「不謹慎だなんて……そんなことないです。本当にお世話になりました。私も、彼と初めて出会った場所にでも行ってみようかな」

そう言ってペコリと私が頭を下げると、島谷さんも笑顔で「失礼します」と言って病室を後にした。

退院の手続きを終えて病院のエントランスを出ると、たった数日だというのに季節が夏へ移り変わった気配を感じる。日も長くなって、十七時になってもまだ空は明るい。けれど、バッグの中にある離婚届が私の心をずっと曇らせていた。

スマホを片手に、私はずっと剣持部長に連絡を取ろうかと躊躇していた。彼の声が今すぐ聞きたい。けれど、離婚の話が本当だと剣持部長の口から聞くのは、やっぱり怖い。

入院中に使ったものはほとんどレンタルだったから、あまり手荷物はない。一度家に帰ろうかとも考えたけれど、そんな気にもなれなかった。

はぁ、なんかデジャヴなんだけど……。

慎一にフラれた時のことをふと思い出す。あの時も家に帰りたくなくて、衝動的に赤坂のパークホテルに逃げ込んだ。

——未練がましく無意識に初めて彼と出会った場所に行って逆に落ち込んで……。

その時、ふと島谷さんの言葉が脳裏によぎった。

未練がましく……か。

そして、私は病院前で待機していたタクシーを拾うと、運転手に行き先を告げた。

赤坂のパークホテルへと――。


病院のある世田谷から赤坂まで向かう途中、渋滞に巻き込まれて一時間もかかってしまった。

タクシーに乗っている間、剣持部長から何度か着信があり、メールもあった。けれど、臆病な私は電話を折り返すどころかメールを見ることもできずに、そのままホテルにたどり着いた。

前回このホテルに来た時も傷心の身だったけれど、また今回も同じような心境だ。

私にとってここのホテルは、剣持部長と初めて出会った思い出の場所だ。厳密に言うと最上階にあるラウンジだけど。

エントランスはあの時と変わらず、煌びやかな雰囲気に満ち溢れていた。床も綺麗に磨かれていて、その輝きに思わずあやかりたくなってしまう。

私の心もこんなふうにキラキラしていたいのに……。

ちらりとレセプションに視線をやると、前回対応してくれたスタッフが忙しなく接客をしていた。

エレベーターに乗って最上階のラウンジへ着く。今日はさほど人は多くなかったけれど、相変わらず高級な雰囲気は、傷ついた私の心を微かに高揚させ慰めてくれるようだった。

ラウンジのレセプションに行くと、女性従業員がにこやかに笑って会釈した。

「いらっしゃいませ、おひとり様ですか？」

「はい」

「今の時間ですと、テラス席から夕日がご覧いただけますが、いかがなさいますか？」

テラス席？　ここのラウンジ、テラス席なんてあったんだ。

前回来た時は夜だったから気がつかなかった。それに剣持部長に引きずられて、あの時は周りを見渡す間もなく、ＶＩＰ専用エリアに連れていかれた。

「じゃあ、テラス席でお願いします」

「かしこまりました。こちらへどうぞ」

メニューを手にした彼女に案内され、オレンジ色の沈む夕日に誘われるように、私は奥のテラス席へ向かった。

テラス席は私の腰よりも少し高めのガラス塀に囲まれていて、ぐるっとひと回り見渡せる開放的なところだった。

天に突き出すようにそびえ立っている東京タワーは、夕日を浴びて今日も東京の街を見下ろしている。

「それでは、ごゆっくりお過ごしくださいませ」

とりあえずコーヒーを注文すると、ゆったりとした白地のソファに腰掛けて、ウッド調のテーブルの上でゆらゆらと揺れている小さなキャンドルを眺めた。

綺麗……。

夕日を眺めていると、あっという間に空が紺色の夜闇に変わった。こんな綺麗な夕日は、寂しくひとりで眺めるよりも、剣持部長と一緒に見たかった。

コーヒーが運ばれてきても、なかなかカップに手を伸ばす気になれず、肺の底から息を吐き出した。すると、バッグの中でスマホが鳴っているのに気づき、手に取るとそれは剣持部長からの着信だった。

先ほどから何度も電話がかかってきていて、いい加減電話に出ないと今度こそ怒られそうだ。それに、彼とは一度ちゃんと話をしなければ……。そう覚悟して、恐る恐る通話ボタンをタップしてスマホを耳にあてがった。

「もしもし？」

『はぁ、やっと出た。まったく、何度も電話しているのにどうして出ないんだ？　というか、今、君は一体どこにいるんだ？　病院に行ったらすでに退院したと聞いて驚いたぞ。退院は明日じゃなかったのか？』

聞こえてきたのは息を弾ませて切羽詰まったような剣持部長の声だった。どんな時でも冷静沈着な彼にしては珍しく動揺しているのが窺える。

「今日、思いのほか早めに検査結果が出たんで……そのまま退院しちゃいました」

『莉奈、電話じゃ埒が明かない。君に話したいことが山のようにあるんだ。いいか、俺は君がどこにいるか、大体の見当はついている。だからそこから動くなよ？　じゃあな』

私のいる場所がわかるっていうの？　誰にも言ってないのに？　どうやって……？

「わかりました」

どうせわかりっこない。しばらくしたら帰ろう……。

早々に電話が切れると、ひそかな期待を胸に私は、ここへ来るか来ないかわからない剣持部長を待ってみることにした——。

とっくに夕日も沈んで、今夜は綺麗な下弦の月が夜空に浮かんでいた。そして星々が輝き、それに負けないくらいの夜景が眼下で瞬いている。

時刻は十九時。

どのくらいここにいただろう。人が少ないからといって、『ごゆっくり』の言葉に甘えてしまい、すっかり手元のコーヒーも冷め切ってしまった。

テーブルの上に広げられた離婚届を穴が開くほど見つめるけれど、徐々に目がうつろになっていくのがわかる。

――優弥さんは剣持家のご子息として、ふさわしいご令嬢と結婚するのが自然の流れなのです。

なぜかずっとその言葉だけが胸に引っかかっていた。私は名家の令嬢でもなく、ただの一般家庭に生まれたごく普通の庶民だ。剣持家の人はきっと、彼にふさわしい家柄の女性と結婚することを望んでいる。

剣持部長にとって、そのほうが幸せだというのなら、私はきっとためらうことなくこの離婚届にサインするだろう。でも、彼の気持ちをまだ聞かないまま、やはり離婚に合意することはできなかった。

彼との出会いは確かに最悪だった。けれど、きっと私は最悪だと思いながら心のどこかで初めから彼に惹(ひ)かれていたところはあったのかもしれない。ただ、それを認めたくなかっただけで意地になっていた。

剣持部長に会うのが怖い……でも、会いたいよ……。

気持ちが矛盾してどうすることもできない。今までのことが、すべて茶番だったかもしれないと思うと、底知れぬ恐怖に襲われる。

こんな離婚届、ぐちゃぐちゃに丸めて捨ててやりたい。

瞳が再び濡れ始め、その離婚届を手にしたその時だった。傍らで人の気配を感じたと思ったら不思議なことが起こった。

「あっ——」

まるで手品のように、今の今まで目の前にあった離婚届が、忽然(こつぜん)と消えてしまったのだ。

「莉奈、一体これはなんなんだ？」

瞬いていると不意に低い声が頭の上から降ってきて、私はビクリとしてそのほうを見上げた。怒気を含んだようなその声の主は……。

「やっぱり、君はここにいたな」

「剣持部長……？　ダメです、それ、返してください！」

取り上げられた離婚届に手を伸ばしソファから立ち上がるけれど、剣持部長の長身に届くはずもなく、伸ばした手は宙をかく。

「これはなんなんだ、と聞いている」

剣持部長の鋭い眼差しが私を射るように見据える。その視線からは、もう逃れられない。

「なんなんだって……私が聞きたいですよ」

ダークネイビーのスーツに、相変わらず顔が映りそうなほどに綺麗に磨かれた黒靴。まだ仕事中なのか、もう終わったのかはわからないけれど、今、私の目の前には確かに剣持部長が立っている。

「莉奈、まずは君の顔をずっと見に行けなかったことを謝らせてくれ」

バツが悪そうに剣持部長が少し視線をずらして言う。

「……離婚したいっていう気持ちが後ろめたかったんですよね？　私なら大丈夫です」

「は？　な、なんだって？」

まるで見当違いの話をされたと言わんばかりに、剣持部長が声をとがらせる。

「わかった。まずは君の話から聞こう。だいぶ食い違いがあるみたいだ」

その時、ひと組のカップルが屋内からテラスに出てきたけれど、お互いに真面目な顔で向き合う私たちの雰囲気を察したのか、すぐに中へ戻っていってしまった。幸い私たち以外、テラスにはもう誰もいない。

「今日、検査が終わってから、剣持部長のお父様の秘書をされている重森さんという方が病室に来たんです。剣持部長がサインした離婚届を持って……然るべき方と結婚したほうが剣持部長のためだと……何度かそう思ってサインしようとしましたけど……できなかった」

やはりサインをしなかったのは間違いだったのでは、という不安に駆られ、声が震えてしまう。

「剣持部長が前に話したいことがあるって言っていたのを思い出して、あの時、離婚の話を切り出すつもりだったんじゃないかなって……そう思ったんです」

緩やかな風がそよいで髪を揺らす。眼鏡をしていない剣持部長の瞳が、前髪の隙間からじっと私を覗いている。

「ずいぶん話をややこしくしてくれたものだ」

そう言って、剣持部長が深々とため息をついた。

「あの日、俺が話を切り出そうとしていたのはそんな話じゃない。影山のことだ」

「え？」

影山君の話？　どういうこと？

目を丸くしている私に、剣持部長は離婚届を手にしているのと反対の手を高い腰にあてがって言った。

「一年前のメフィーアの契約破棄の話、君はおそらく直接影山本人から聞いたんだろう？　あいつが裏で何をやっていたのか、俺がもっと早く事実確認を取れていればよかったんだが……君に嫌な思いをさせてしまった。すまない」

そう言って、剣持部長は顔に後悔の色を浮かべた。

そうだ。私、事故に遭う直前、影山君とそんな話をしてたんだっけ……。

影山君は私を妬んで、根も葉もない先方の情報漏えいという嘘をメフィーアの社長に吹き込んだ。そのせいで、何もかもが狂ってしまったのだ。

「俺は、一年前にメフィーアが理不尽に契約を白紙にしたのは、何かしら裏があるんじゃないかって睨んでいた。元々、あの会社の社長とは家族ぐるみの付き合いで……といっても、あくまでも仕事相手だ。クライアントに昔の話を蒸し返すのはどうかと思っていたが……。社長と飲んで、酔っ払った隙に話を聞き出すことができたんだ」

やっぱり、剣持部長は私のことをずっと気にかけてくれていた。表情に浮かんでいた疲労の影も、そのひとつだったのだと思うと胸が締めつけられる。

「それに、こう言ってはなんだが……規模のデカい契約を取れなかったとはいえ、成績優秀だった君を、たかが契約一本くらいで本来の外勤から外すなんて、俺は許せなかった。君の才能を再び返り咲かせるために……メフィーアとの契約は俺にとっても重要なことだったんだ」

——絶対に勝ちに行く。

剣持部長はコンペの時にもそう言っていた。その言葉の中には、ずっとずっと私のことを考えていてくれた彼の優しさが隠れていたのだ。

「剣持部長、私のために……」

「君は一年前、決して間違ったことはしていない。俺が保証する。情報漏えいだなんて、そんなケチつけられて俺が黙っていられるわけないだろう。それも……俺の大事な人に、だ」

大事な人……私、まだ、剣持部長の大事な人でいられるんですか？

そう問いかけたかったけれど、言葉を発すると涙声になってしまいそうでキュッと唇を結んだ。

「結局、調査した結果、情報漏えいの事実は認められなかったし、それに俺がずっと君の病院へ足を運べなかったのは、仕事が詰まっていたのもあるが……影山が解雇処分の対象になったからだ。前からそんな話が出ていて君の耳にも入れておこうと思っていたが……」

「え……影山君が？」

影山君と最後に話をした時、もうここの会社にはいられないかもと言っていた。彼の行いはまだ許せないけれど、解雇されて逃げたつもりになられても困る。

「そんな、解雇だなんて許せません。彼には、それなりに償ってもらわないと……私の気が済まないです」

「そう言うと思ったよ」

すると剣持部長がニッと笑って言った。

「話があると言った時、俺は君に影山が解雇されるかもしれない旨だけを伝えようとしていた。だが、まだ決定したわけではなかったし、君に不安を与えるような話を病室でするのも憚られた。それによくよく考えてみたら君の言う通り、このままあいつを解雇したら、なんの償いもせずに逃げられるようで癪(しゃく)だったからな。後日、影山を交えて専務と社長と話し合った結果……解雇処分が変更になって北京(ペキン)支社に転勤することになった」

「そうだったんですか……」

社長も専務も忙しい人だ。そんな上層部の人たちにかけ合って話し合いをしていたから、彼はずっと顔を見せられなかったのだ。

早とちりして、離婚したかったからだなんて思い込んでしまった自分が恥ずかしい。本当の理由が聞けたところで私は安堵すると、身体の中の気がすべて抜け出しそうになった。

「それに、影山は君の大事な友達……なんだろ？　償いと言いつつも、顔も見ずにあいつが解雇されたら、君はきっと自分を責め続ける」

私の気持ちを見越した剣持部長の行動に、嗚咽がこぼれそうになって咄嗟に口を押さえた。

こんな彼だから、好きになるのをやめられない。好きで好きでたまらない。

「それに、意図しない結婚話を河辺部長から勝手に持ちかけられた影山を……責める権利は俺にはない。そういう意味では、あいつも気の毒な男だったからな」

私と剣持部長の結婚のきっかけは、煩わしい婚約話を持ちかけられないようにするためだった。そう思うと、剣持部長も彼の気持ちがわからなくもなかったのだろう。

「そして次に、だ」

剣持部長が手にしている離婚届に目を落とした。

「この物騒なものは？　君を尊重して先に尋ねるが、これにサインするつもりだったのか？」

　そんなわけないじゃないですか‼

　そう声を張って言いたかったけれど、私はただうつむいてブンブンと首を左右に振ることしかできなかった。

「ならよかった。すでに記載されているから俺が書いたものと思ったかもしれないが……よく見てみろ、これは兄の字だ」

「……え？」

　予想外の言葉に、私がうつむいていた顔をパッと上げると、剣持部長と目が合う。

「君には話していなかったが、先日、俺が君と婚姻関係にあると親父に知られてひと悶着あったんだ。まさか、兄を使ってこんな小細工するなんてな……。嫌な思いをしただろう？　すまなかった」

「あの、すみません。まだ話の筋が見えないんですけど……」

　離婚届は剣持部長の意向じゃなかったってこと？　お兄さんの字だったって……？

　緩慢に動く思考回路を駆使して状況を呑み込もうとするけれど、うまく頭に入ってこない。

「親父はなんとかして君と離婚させるつもりでいた。でも、情に深い重森を使ったのは間違いだったな。ここへ来る途中、俺が運転中だと思ったのか、留守電に好き勝手吹き込まれていたよ」

剣持部長がスマホをポケットから取り出して、私に手渡すと『聞いてみろ』と目で合図された。

『もしもし、重森です。先ほど、健太郎様の使いで莉奈様にお会いしましたが……本当に優弥さんのことをお考えで、とても愛しておられた……。そのような人、私は初めて出会いましたよ。申し訳ありませんが、今回は健太郎様の言い付けは遂行できそうにありません。あとはよろしくお願いいたしますよ。くれぐれもこれ以上、彼女を泣かせることのないように』

留守番電話のメッセージはそこで途切れた。内容を聞かせると、剣持部長は再びスマホを自分のポケットの中へしまった。

「親父の言い付けってなんのことだと思っていたが、まさか離婚届だったなんてな。頭に血が上って、つい冷静さを失いかけた。こんなもの、手に持っているだけでイライラする」

そう言うと、剣持部長は手にしていた離婚届をびりっと、大きく破いた。そして、何度も何度も繰り返し破くと、離婚届は紙くずとなって散り散りに風に舞っていった。

「私、まだ剣持部長の妻でいいんですか？」

「当たり前だろう。俺は君を手放すと言った覚えはないし、そんなつもりも毛頭ない。君は俺の妻だ。今も、これからもずっと」

そっと腕を取られて剣持部長の温かな胸の中へ引き込まれる。もう一度、この温もりに包まれることができた安堵から、私は額をこすりつける。そして、顔を埋めながら肩を震わせて、こらえていた感情を一気に溢れさせた。

「もう泣くな。また君を泣かせたと重森に小言を言われる」

「すみません。私……もう、剣持部長のそばにいられなくなるって思ったから」

顔を上げると、この上なく優しい彼の視線と目が絡む。

「それならもう二度と、そんなことを思わなくなるくらいに思い知らせてやらないといけないな」

「あ……」

そう言いながら剣持部長は、私の顎を親指と人差し指で軽く挟むと、勢いよく口づけた。

言葉も息も、全部呑み込まれてしまうくらいに、そのキスは情熱的で熱かった。こんな人に見られてしまうかもしれない場所でと思うと、羞恥心が煽られる。

重ねられた唇の隙間から小さくこぼれる吐息も、鼻から抜ける甘ったるい声も、こんなふうになるのは剣持部長にだけだ。

「それに、俺は君に怒っているんだ」

唇が外されると、剣持部長の細められた瞳とぶつかる。怒りを浮かべたというよりも、その目は不満を訴えかけていた。

「俺が離婚届なんか書くわけがないだろう？　それに、君は一体何度俺の字を見てきたんだ？　偽物の筆跡だと見破れないなんて失望した」

「すみません、あまりにも……似ていて、んっ」

言い訳は許さない。というように再び唇を重ねられる。剣持部長の爽やかなフレグランスが私の脳を刺激して、そしてくらくらと媚薬（びやく）のように目眩を誘う。

「剣持部長、も、もう……誰か来たら困ります」

彼の口づけに全身がとろけてもう立っていられなかった。

「……部屋、取ってありますか？」

私の言っている意味を理解した剣持部長が一瞬驚いた顔をする。

ふたりだけになって、早く彼に抱かれたい。そんなはしたない下心も包み隠さず伝えると、熱を孕んだ目をした剣持部長が口の端を押し上げて囁いた。

「俺もふたりだけになりたい。けど、そうなったら……俺は今度こそ君を抱くぞ?」

え?　今度こそ……って?

「もしかして……前回、謝恩会でホテルに泊まった時のこと覚えて——」

「寝落ちしたなんて、カッコ悪くて思い出したくない。そんなこと、今はもういいだろう?」

そう言って、剣持部長がほんのり顔を赤らめた。

クールでプライドが高くてちょっぴり可愛げのある、そんな彼が愛おしくて私は頬を緩めずにはいられなかった。

ホテルの部屋に入ると、あっという間にお互いの身体から発せられた熱でしっとりし始める。

弾む息が交差して、無造作に脱ぎ散らかされた衣服が性急さを物語っているようで、気恥ずかしさを覚えてしまう。

「剣持部長……私」

「プライベートで剣持部長って呼ぶのはもう禁止だ」

「優弥さん……っ」

剣持部長は甘い雰囲気になると、下の名前で呼べと言ってくる。けれど、まだ「優弥さん」なんて呼ぶのは照れくさい。

初めて味わう、燃えるような優弥さんの全身の熱に包み込まれ、触れられるたびに肌がゾクリとする。

ベッドに押し倒されると、身体がすっぽりと埋まる。目の前には、優しげに私を見下ろす彼の瞳。

「君が愛おしくてたまらない……もう手放してなんかやらないからな」

「はい。ずっと、ずっと私、優弥さんのそばにいます……あっ」

かぶりつくように首筋に歯をたてられ、水音を立てて甘く吸われる。

「ちょ、優弥さん！　そんなところに……」

襟で隠れるか隠れないか際どいラインだ。優弥さんは慌てる私を見てニヤリとした。

「つけられて何かマズいことでもあるのか？」

「だって、誰かに見られたら……」

「見られたら？　その時は君が俺のものだって知らしめておけばいいだろう」

クールで淡白な優弥さんの中に、こんなにも強い独占欲と動物的な本能があるなんて知らなかった。

「君が可愛くて仕方がないんだ……」

そしてもうひとつ。仕事をしている優弥さんからは想像もつかないくらいの優しい顔は、私しか知らないのだと思うと、その優越感にぞくっとした。

そして私は熱に浮かされるように何度も高みへ押し上げられたのだった——。

嵐のような情事が過ぎ去ると、再び部屋は静けさを取り戻す。

静寂に身を委ねながら真っ白なシーツが敷かれたベッドの中、私は彼のたくましい腕に抱かれて幸せを噛みしめていた。

「あの、ひとつ聞いていいですか?」

「なんだ?」

今となってはもうどうでもいいことかもしれないけれど、やっぱり気になって彼に尋ねた。

「私がここのホテルのラウンジにいるってどうしてわかったんですか?」

すると、私の後頭部を撫でていた優弥さんの手がふと止まる。

「君の病室でちょうど担当看護師に会ったんだ。すでに退院したと聞いて、どこかに行くとか言っていなかったか尋ねたんだ」

　優弥さんにそう問われた島谷さんはずっと首を傾げていたようで、もしかしたら……と思い出したように〝失恋した彼と初めて出会った場所〟というヒントを彼に与えたようだ。

「俺は君と失恋した覚えもなかったし、一体どの男との失恋を言っているのかと思ったが……。もし、俺が君にフラれたらどこに行くかって考えたんだ。俺は案外未練がましい男だからな」

　小さく笑うと、再び優弥さんの手が私の頭を撫で始める。

　看護師の島谷さんに言われて無意識に来てしまった、優弥さんと初めて出会ったラウンジ。

　未練がましいのは私も同じだ。けれど、彼と同じ想いだったことが、無性に嬉しかった。

　初めて結ばれた初々しいカップルのような感覚がこそばゆい。なんとも表現しがたい不思議な感じだ。私たちはすでに籍を入れた正真正銘の夫婦だというのに。

　優弥さんが私の前髪をかき分けてそっと柔らかな唇を押し当てると、そっと口を開いた。

「莉奈、まだ言ってなかったことがあるんだ」

そう耳元で囁かれるとゾクリと背筋がしなる。

「……言ってなかったこと？」

もう傷つくことを言われるのは嫌だ。そんなふうに改めて言われると、嫌な方向に考えてしまう。

そんな不安を察したのか、頭を撫でる手が首筋を伝い、頬を撫でると自然と視線が絡み合った。

「君を愛してる。俺と結婚してほしい」

「え？」

もう結婚しているというのに、なぜか優弥さんが私にそう言った。

「結婚してほしいと初めて言った時、君は酔っていて……結果的に記憶がなかった。だから、ちゃんと君の記憶にこの言葉を刻み込みたいんだ」

そしてもう一度、吐息とともに「愛してる。結婚してくれ」と愛おしげに囁いた。

まさか、彼の口からこんなとろけるような言葉が聞けるなんて、夢にも思っていなかった。

「はい。私を優弥さんの妻にしてください。これからもずっと、愛しています」

顔を歪めて両腕を伸ばすと、私は優弥さんの存在を確かめるようにそっと首に腕を回した。

結婚しているといっても、記憶のないプロポーズは虚しい。私が何度も得体のしれぬ不安に駆られていた原因は、きっと彼の言葉が記憶になかったからだ。

乾いた土に雨水が染み込んでいくように、優弥さんのプロポーズの言葉が今、私の全身に広がっていった――。

それから一ヵ月。

すっかり身体も回復していつも通り出社し、メフィーアの広告作りのために、私は優弥さんの補佐として毎日奮闘していた。

影山君のことが気がかりだったけれど、彼が北京へ転勤になる前に一度話をする機会があった。

『ほんと、剣持部長ってどこまでお人好しなんだろうね。本来ならこんな処分、ありえないんだけど……』

メフィーアと契約が決まり私が入院している間、前野社長が一年前の理不尽な契約破棄を、自社の手違いだったと謝罪しに来たらしい。そして改めてアルテナと専属契約をしたいと、うちの上層部に申し出た。

優弥さん曰く、折を見て社長に話すつもりだったみたいだけれど、前野社長が謝罪しに来たことで影山君のことが上層部に明るみに出てしまった。そして会社の秩序を乱したその行為に、彼は社長から解雇処分を言い渡された。

けれど、結局解雇されなかったのは、優弥さんが激高した社長をなだめ、解雇処分ではなく立ち上がったばかりの北京支社へ、社員として一からやり直すために転勤という扱いにしたらどうかとかけ合ったのだ。

しかし、どんなに口外しないようにしていても、噂というものはどこからともなく漏れてしまう。影山君が北京に発ったあとでも、その醜聞はいまだに社内でひそかに囁かれ、北京支店へ飛ばされたのも左遷だと言われていた。

本当にそのつもりで北京支社への転勤を提案したのかと優弥さんに尋ねたら、ムッとした顔で言われてしまった。

「確かに立ち上がったばかりの支店は軌道に乗るまでに時間がかかる。だから、影山には身を粉にして仕事してもらわないとな。次に帰国してきた時の昇進のために。言っておくが、俺は本来こんな人を気遣う人間じゃないぞ」

優弥さんは合理的で理論的な人だ。自分に不利益なことはためらうことなく切って捨てる。けれど、それは以前の彼であって、今はだいぶ変わった気がした——。

少し汗ばむくらいまぶしい太陽の光が降り注ぐ。

影山君の騒動が終息し、平和な日が続いていたそんなある日の土曜日だった。

私は鏡に映る自分の姿にデジャヴを覚え、放心していた。

嘘でも夢でもないよね……？　前にもウェディングドレスを着て鏡の前でこんなシーンがあったような……。

いつの日か、優弥さんとドレスを買いに行った時に、試着のつもりで着た純白のウェディングドレスに身を包み、アップにした私の頭の上にはあの、ロイヤルクイーンティアラが煌めいていた。そして綺麗に化粧を施している私は、どこから見てもこれから結婚式に臨む花嫁姿だった。

朝起きた時は、いつもと変わらない日が始まるのだと思っていた。けれど、突然優弥さんに「出かけるぞ」と言われて、否応なしになんと沖縄まで連れてこられてしまった。

もう、どうなってるの……？

メフィーアが次回発売する予定のロイヤルクイーンティアラの店内用プロモーショ

ンに、前野さんの推しもあって、なぜか私が抜擢されたと優弥さんから聞き、唖然としたまま今に至る。

「莉奈、入るぞ」

コンコンと数回、控え室のドアがノックされ、優弥さんが部屋に入ってきた。

一体今までどこに行っていたのかと、文句を言おうと口を開きかけたけれど、私は彼の姿に思わず息を呑んだ。

グレーのフロックコートに同系色のネクタイをピシッと決めて、前も後ろも綺麗なストレートラインになっているそれは、優弥さんの高長身をさらにスラッと際立たせていた。髪も軽く後ろに流し、いつものビジネスライクな雰囲気と全く違って見える。

「あ、あの……これって」

ティアラのプロモーション撮りだと聞いていたけれど、なぜ優弥さんまで正装しているのか理解できなかった。うろたえる私に優弥さんがふわりと微笑む。

「今日は公開結婚式だ。君と俺の」

「えっ⁉」

公開……結婚式？

まだ状況が呑み込めない私に、さらに優弥さんが言った。

「驚いたか？　実は全部、君へのサプライズだったんだ。プロモーション撮りというのは本当だが、本来の目的は……君との正式な結婚式だ。だから俺もこんな格好をしているだろう？」

そう言って優弥さんが両手を広げて見せた。

「結婚式って……本当に……？　何かのドッキリじゃないですよね？」

いつからこんな準備をしていたのだろう。時々家で優弥さんがこそこそ何かしているような気はしていたけれど、結婚式の準備をしていたなんて全く気がつかなかった。

信じられなくて何度も本当かどうか確認すると、優弥さんは「本当だ」と表情を和らげて言った。

これは現実なんだ……嬉しい！

「それに、結婚式は君の夢だったんだろう？」

彼がほんの少し照れた顔をして鼻の頭をかいた。

「あの時は……つい心にもないことを言ってしまったが、君との結婚式なら充分すぎるほど、俺には価値がある」

いつだったか、優弥さんと険悪な雰囲気になってしまった弾みで、私が『結婚式は私の夢だったんだ』とポロッとこぼしたことがあった。それを彼はずっと覚えていてくれたのだ。

　結婚式なんて時間と労力の無駄だ。なんて言っていたけれど、あの時の私の思いはちゃんと彼に届いていたのだ。

「嬉しいです。ありがとうございます……」

「莉奈、本当に綺麗だ……ティアラもドレスもよく似合っている」

　優弥さんと一緒にコンペに臨んだティアラは、私にとっては特別なものだ。プロモーション撮りに便乗させてもらったお礼にと、まだ発売前のロイヤルクイーンティアラを前野社長の計らいで、私のためにわざわざ特別注文してくれたのだ。

「君は俺の……最高の妻で、そして花嫁だ。あぁ、結婚式でほかの人に君の花嫁姿を見せるのがなんだかもったいないな」

　優弥さんが熱いため息とともに、顔を赤らめる私の頬にそっと手をあてがう。

　初めて着たウェディングドレスも、あの時はもう二度と着ることはできないだろうと思っていた。嬉しくて、まだ式も始まっていないというのに、すでに私は涙声になっている。

　すると、優弥さんがポケットから何やら小さな箱を取り出した。

「これ、もう一度受け取ってほしいんだ」

彼が箱を開けると、銀色に光り輝く指輪が姿を現した。

「わぁ……」

一度は結婚指輪をもらったけれど、事故に遭った時になくしてしまった。それなのに、再びこうして真新しい指輪を差し出される日が来るなんて思いもしなかった。

「私、また指輪を受け取ってもいいんですか？」

「人を愛することもわからずに形式的に渡した指輪なんて、君の薬指にふさわしくない。だからなくなったんだ。でも今は違う。俺は心から君を愛している……だから、これを受け取ってほしい」

改めて言われなくても私の気持ちは決まっている。

「……はい。喜んで」

涙で瞳が濡れると、その指輪がさらに煌めきを増した。

私が返事をすると、優弥さんは「これはまた指輪の交換の時に」と言って再びポケットにしまった。するとその時。

「取り込み中だったか？　優弥」

ドアがノックされ、黒のモーニングコートにコールズボン、レジメンタルタイを合わせた、貫禄のある六十代くらいの男性が部屋に入ってきた。そして、すぐ後ろには同じように正装した重森さんの姿。

「親父……」

優弥さんが目を見開いて驚きを隠せない顔をしている。目の前に現れたのは、剣持健太郎。彼の父、その人だった。

初めて会う優弥さんのお父様は、いくつもの企業を束ねている社長の貫禄が感じられた。キリッとした佇まいで彼と同じく身長もあり、厳しさを交えた目元は、よく見ると優弥さんに似ている。

「あなたが莉奈さんか？」

お父様は部屋に入ってくるなりすぐに私を見た。優弥さんの優しさにとろけた身体が一気に緊張する。

「はい。初めてお目にかかります。莉奈です」

恭しく頭を下げると、お父様は明るく笑って言った。

「そんな硬くなる必要はない。優弥に、結婚を認める気があるならここへ来いと、先日いきなり言われて、あの優弥がそこまで執着する女性に興味が湧いた。勝手なことをして、と腹立たしくもあったが……重森に一喝されてしまってな」

あはは、と笑いながらお父様が後ろにいる重森さんをちらりと見る。

「病室であなたの涙を見た時、今までにない何かを感じたんですよ。それに賭けてみようかと……。それに、健太郎様もずいぶん昔は女性を泣かせておりましたし、優弥さんにはそのような男性になってほしくなかった。幼少の頃から心根はお優しい方でしたので……」

ほのぼのとした口調で重森さんが言うと、お父様がコホンと小さく咳払いをして、見ると優弥さんも少しばかり恥ずかしそうな顔をしている。

自分の主にここまで言えるなんて、きっと重森さんはお父様と長い付き合いなのだろう。だから、優弥さんのことも子どもの頃からよく知っているのだ。

「メフィーアとの契約の話も前野社長から聞いた。商品の発売日の目途がつき次第、我が社の百貨店にも陳列するよう発注することにしよう。ほんのはなむけだ」

「ほ、ほんとですか⁉ ありがとうございます！ あ、す、すみません……つい嬉しくて」

エージンホールディングスのような大手が取り扱ってくれれば、売れ行きもさらに伸びるのは間違いない。そうなれば相乗効果も期待できる。

はしたなく大きな声を出してしまい、思わず縮こまる私に、お父様が愉快そうに笑った。

「なかなか元気がよくて可愛らしい娘さんだ。気立てもよさそうだしな。優弥の妻にふさわしいようで安心したぞ。それに、お前とは性格も考え方も何もかも違うが……女性の趣味だけは同じのようだ。重森、行くぞ」

そう言って、優弥さんのお父様はご機嫌で部屋を後にした。

「まったく、親父は相変わらずだな……」

はぁ、と深々とため息をついて優弥さんが頭をかく。

「式の前からどっと疲れた。そういえば、君のご家族にもさっき会って挨拶した。花嫁姿を見るのを楽しみにしていたぞ」

「えっ!?　私の家族も来てる……って、なんで優弥さんが家族の連絡先を知ってるんですか?」

まさか家族が来ているなんて思いも寄らなかった。

驚きのあまり、目を丸くしてると、彼がクスッと笑って種明かしをしてくれた。

「実は、君が意識を失っている間に、お姉さんと偶然病室で会ったんだ」

「姉に……ですか?」

退院してから何度か姉と電話をした。けれど、優弥さんと会ったなんてひと言も言っていなかったのに。

「その時に連絡先を交換して……後日、サプライズで結婚式を考えていると言ったら『妹をよろしくお願いします』って喜んでくれたんだ。あくまでもサプライズだから、君には絶対に秘密ってことで」

そういうことだったんだね。なんだぁ、知らなかったのは私だけ？

姉は隠しごとができないタイプだ。きっと私に言いたくてウズウズしていたに違いない。

それにしても本当に優弥さんはそつがないな……。

「あの、優弥さん……」

「なんだ？」

誰もいない部屋、今は優弥さんとふたりきりだ。式が始まってしまえば、しばらくは忙しないだろう。だから――。

「私にだけに〝愛してる。結婚してほしい〟をもう一度聞かせてくれませんか？だって、式を挙げたらもう優弥さんからのプロポーズの言葉、聞けないかもしれませんし」

多分、私はものすごく真っ赤な顔をしている。そんな私に優弥さんは一瞬、目を丸くしていたけれど、すっと腰に腕を回して私を優しく引き寄せた。

「そんなこと言葉でねだるなんて……バカだな、君は。でも、だからこそ……俺は君が愛おしくてたまらない。愛してるよ、幸せにする。だから、俺と結婚しよう」

　そう言って優弥さんは私に柔らかな唇をそっと重ねた。心地よくて、身体の芯までとろけてしまいそうになるくらいの甘い口づけに、私は恍惚となる。

　口づけをしながらそっと瞳を開くと、その向こうには燦々と降り注ぐ太陽の光が青い海の水面で煌めいていた。いつか見た夢の景色のように。

　夢にまで見た結婚。その相手は好きでもない人とのハプニングだった。法律で結ばれただけの関係に、愛は不毛だと思っていた。

　けれど、奇跡的に芽生えたものは、私たちを本物の夫婦に導いてくれた。

　優弥さんのプロポーズの言葉が私の心をつかんで離さない。だから何度でも聞いていたい。あなたの声で、甘いプロポーズをもう一度——。

END

あとがき

こんにちは。初めましての方も、夢野美紗です。

原題『スウィートなプロポーズをもう一度』を改め『クールな部長は溺甘旦那様⁉』がこの度、ベリーズ文庫の仲間入りをしました。読了していただいた皆様、いかがだったでしょうか？

本作品は、二〇一八年に行われた『恋するベリーズウェディングコンテスト』に応募した作品で、残念ながら受賞には至りませんでしたが、今回このようなかたちで書籍化していただき感無量です。

テーマは『結婚』ということでどんな話を書こうかいろいろ考えた結果、交際０日婚の話を書いてみよう！と思い、私にとっても今まで書いたことのないスタイルの挑戦でした。

冒頭からいきなり結婚してしまうというぶっとんだ展開を、どうやって広げていこうか悩みながら執筆しました。クールでぶっきらぼうなところはあるけれど、本当は優しいヒーロー剣持と不本意に婚姻関係を結んでしまったヒロイン莉奈が、紆余曲折がありつつも真実の絆を結んでいく……という過程をドキドキしながら楽しんでいただけたら幸いです。

今後の執筆活動も読者の皆様に楽しんでいただけるよう頑張りますので、ぜひ、応援のほどよろしくお願いいたします！

最後になりましたが、編集担当の加藤様、阪上様、三好様、そして素敵なカバーイラストを描いてくださった弓槻みあ様、この作品を出版・販売するにあたりご尽力とお力添えいただいた皆様にも深くお礼申し上げます。

読者の皆様にもここまでお付き合いいただき、ありがとうございました。

感想などありましたら今後の参考にさせていただきますので、ぜひぜひ聞かせてください！

それでは、また別の作品でお会いできることを祈りつつ。

夢野美紗（ゆめのみさ）

夢野美紗先生への
ファンレターのあて先

〒104-0031
東京都中央区京橋1-3-1
八重洲口大栄ビル7F
スターツ出版株式会社　書籍編集部　気付

夢野美紗先生

本書へのご意見をお聞かせください

お買い上げいただき、ありがとうございます。
今後の編集の参考にさせていただきますので、
アンケートにお答えいただければ幸いです。

下記URLまたはQRコードから
アンケートページへお入りください。
https://www.berrys-cafe.jp/static/etc/bb

クールな部長は溺甘旦那様!?

2019年4月10日　初版第1刷発行

著　者　夢野美紗
©Misa Yumeno 2019

発行人　松島 滋

デザイン　hive & co.,ltd.

校　正　株式会社　文字工房燦光

編　集　加藤ゆりの　阪上智子　三好技知（すべて説話社）

発行所　スターツ出版株式会社
〒104-0031
東京都中央区京橋1-3-1　八重洲口大栄ビル7F
TEL　出版マーケティンググループ　03-6202-0386
（ご注文等に関するお問い合わせ）
URL　https://starts-pub.jp/

印刷所　大日本印刷株式会社

Printed in Japan

乱丁・落丁などの不良品はお取替えいたします。
上記出版マーケティンググループまでお問い合わせください。
定価はカバーに記載されています。

ISBN 978-4-8137-0655-7　C0193

ベリーズ文庫 2019年4月発売

『溺愛本能　オオカミ御曹司の独占欲には抗えない』　滝井みらん・著

OLの楓は彼氏に浮気をされバーでやけ酒をしていると、偶然兄の親友である遥と出会う。酔いつぶれた楓は遥に介抱されて、そのまま体を重ねてしまう。翌朝、逃げるように帰った楓を待っていたのは、まさかのリストラ。家も追い出され心労で倒れた楓は、兄のお節介により社長である遥の家に居候することに…!?

ISBN 978-4-8137-0654-0／定価：本体630円＋税

『クールな部長は溺甘旦那様!?』　夢野美紗・著

OLの莉奈は彼氏にフラれ、ヤケになって行った高級ホテルのラウンジで容姿端麗な御曹司・剣持に出会う。「婚約者のフリをしてくれ」と言われ、強引に唇を奪われた莉奈は、彼を引っぱたいて逃げるが、後日新しい上司として彼が現れ、まさかの再会！　しかも酔った隙に、勝手に婚姻届まで提出されていて…!?

ISBN 978-4-8137-0655-7／定価：本体650円＋税

『エリートな彼と極上オフィス』　西ナナヲ・著

飲料メーカーで働くちえはエリートな先輩山本航に密かに憧れている。ただの片思いだと思っていたのに「お前のこと、大事だと思ってる」と告げられ、他の男性と仲良くしていると、独占欲を露わにして嫉妬をしてくる山本。そんなある日、泥酔した山本に本能のままに抱きしめられ、キスをされてしまい…!?

ISBN 978-4-8137-0656-4／定価：本体640円＋税

『今夜、夫婦になります～俺様ドクターと極上な政略結婚～』　未華空央・著

家を飛び出しクリーンスタッフとして働く令嬢・沙帆は、親に無理やり勧められ『鷹取総合病院』次期院長・鷹取と形だけのお見合い結婚をすることに。女癖の悪い医者にトラウマをもつ沙帆は、鷹取を信用できずにいたが、一緒に暮らすうち、俺様でありながらも、優しく紳士な鷹取に次第に惹かれていって…!?

ISBN 978-4-8137-0657-1／定価：本体630円＋税

『愛され婚～契約妻ですが、御曹司に甘やかされてます～』　鳴瀬菜々子・著

平凡なOLの瑠衣は、ある日突然CEOの月島に偽装婚約の話を持ち掛けられる。進んでいる幼馴染との結婚話を阻止したい瑠衣はふたつ返事でOK。偽装婚約者を演じることに。「俺のことを絶対に好きになるな」と言いつつ、公然と甘い言葉を囁き色気たっぷりに迫ってくる彼に、トキメキが止まらなくて…。

ISBN 978-4-8137-0658-8／定価：本体640円＋税

タイトル、価格等は変更になることがございますのでご了承ください。

ベリーズ文庫 2019年4月発売

『家出令嬢ですが、のんびりお宿の看板娘はじめました』　坂野真夢（さかのまむ）・著

事故をきっかけに前世の記憶を取り戻した男爵令嬢ロザリー。ところが、それはまさかの犬の記憶!?　さらに犬並みの嗅覚を手に入れたロザリーは、自分探しの旅に出ることに。たどり着いた宿屋【切り株亭】で、客の失くしものを見つけ出したことから、宿屋の看板娘になっていき…。ほっこり異世界ファンタジー！

ISBN 978-4-8137-0659-5／定価：本体640円＋税

『平凡女子ですが、トリップしたら異世界を救うことになりました』　若菜（わかな）モモ・著

剣道が得意な桜子は、ある日トラックにはねられそうになり…目覚めると、そこは見知らぬ異世界!?　襲ってきた賊たちを竹刀で倒したら、超絶美形の皇子ディオンに気に入られ、宮殿に連れていかれる。日本に帰る方法を探す中、何者かの陰謀でディオンの暗殺騒動が勃発。桜子も権力争いに巻き込まれていき…!?

ISBN 978-4-8137-0660-1／定価：本体650円＋税

ベリーズ文庫 2019年5月発売予定

Now Printing

『エリート副操縦士のワケあり恋人契約』 水守恵蓮・著

航空会社で働く理華は男運ゼロ。元カレに付きまとわれているところを、同期のイケメン副操縦士・水無瀬に見られてしまう。すると「俺が男の基準を作ってやる」と言って彼が理華の恋人役に立候補。そのまま有無を言わさず自分の家に連れ帰った水無瀬は、まるで本物の恋人のように理華を甘やかす毎日で…。

ISBN 978-4-8137-0675-5／予価600円＋税

Now Printing

『ビタースウィート～大人の恋は甘くて苦い～』 綾瀬真雪・著

秘書室勤めのOL・里香は、冷酷で有名なイケメン社長・東吾の秘書に任命される。仕事が抜群にデキる彼は、里香を頼らず全て自分でこなしてしまうが、ある日過労で倒れてしまう。里香が看病していると、クールな彼が豹変！　突然膝枕をさせられ「俺のそばから離れるな」と熱い眼差しで見つめられ…⁉　焦れ恋オフィスラブ！

ISBN 978-4-8137-0676-2／予価600円＋税

Now Printing

『ドクターと、運命の恋を』 佐倉伊織・著

病院の受付で働く都は、恋愛とは無縁の日々。ある日、目の前で患者を看取り落ち込んでいるところを、心臓外科で将来を約束された優秀な研修医・高原に励まされ、2人の距離は急接近。「お前を縛り付けたい。俺のことしか見えないように」――紳士な態度から豹変、独占欲を見せつけられ、もう陥落寸前で…⁉

ISBN 978-4-8137-0677-9／予価600円＋税

Now Printing

『御曹司からの溺愛に身を焦がしています』 惣領莉沙・著

恋に憶病なOLの芹花は、ひょんなことから財閥御曹司・悠生と恋人のフリをしてラブラブ写真を撮る間柄になる。次第に彼に惹かれていく芹花だが、彼とは住む世界が違うと気持ちを封じ込めようとする。それなのに、事あるごとに甘い言葉で迫ってくる彼に、トキメキが止まらなくなっていき…。

ISBN 978-4-8137-0678-6／予価600円＋税

Now Printing

『ひざまずいて、愛を乞え。』 あさぎ千夜春・著

百貨店勤務の葵は、元婚約者で大手飲料メーカーの御曹司・蒼佑と偶然再会する。8年前、一方的に婚約破棄し音信不通になった蒼佑だが、再会したその日に「愛してる」と言って、いきなり葵を抱きしめキス！　婚約破棄が彼の意思ではなかった事実を告げられ、ふたりの愛は再燃して……⁉

ISBN 978-4-8137-0679-3／予価600円＋税

タイトル、価格等は変更になることがございますのでご了承ください。